天の花　なでし子物語

伊吹有喜

ポプラ文庫

人物相関図

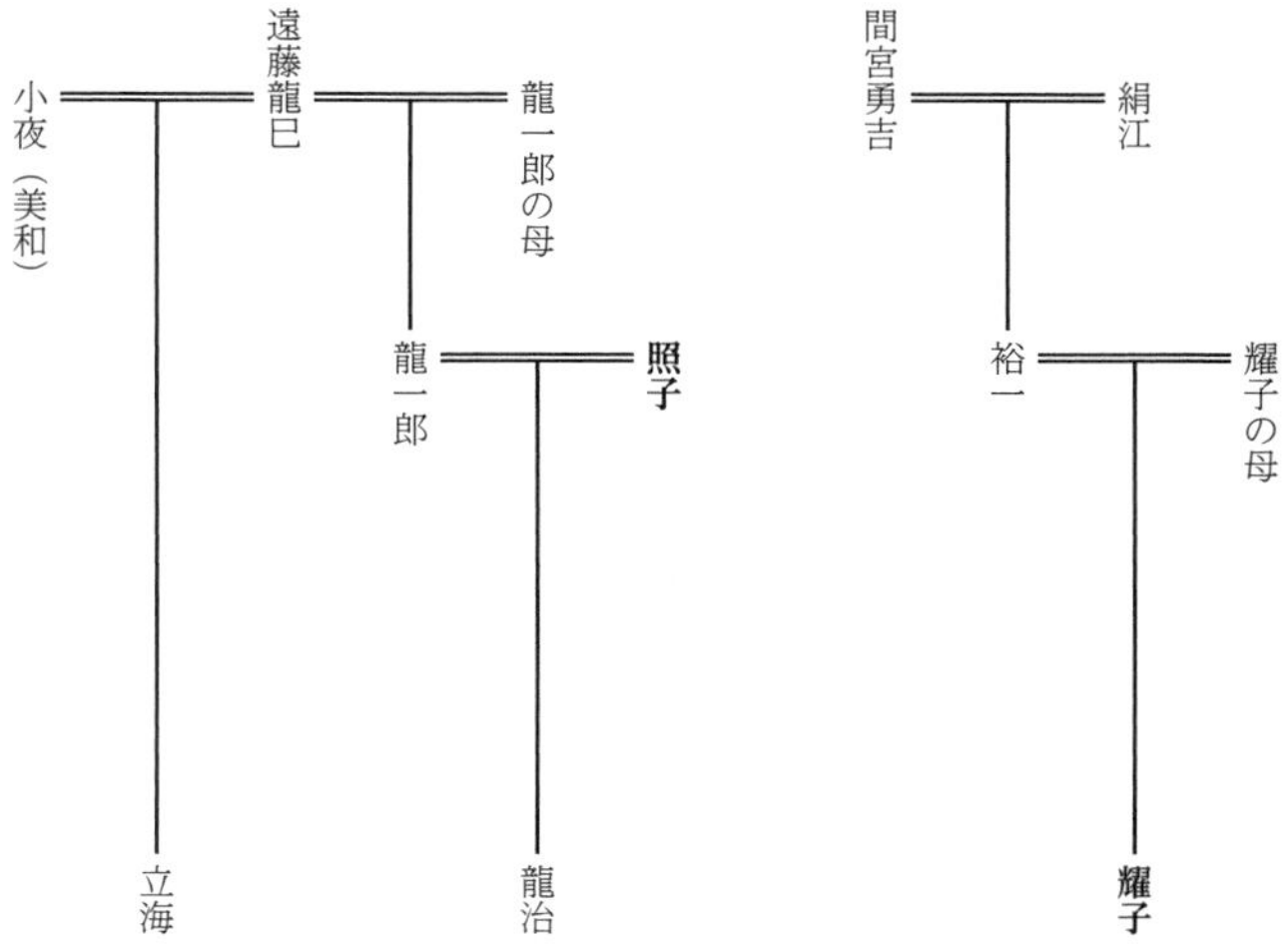

プロローグ

一九八八年　秋

遠藤《えんどう》家がもっとも栄えていた頃に浜松駅で車を呼び、峰生《みねお》の常夏荘《とこなつそう》と頼めば、それだけで長屋門の前に着いていていた。ところが昭和六十三年の今、同じことを頼むと聞き返されてしまった。

峰生とはどのあたりか、と。

さらにはその集落が、駅から一時間半以上かかる山奥にあることがわかると、タクシーの運転手が愚痴をこぼし始めた。長距離なのはありがたいけれど、あのあたりは帰りに客が拾えそうにないのだという。

常夏荘に向かう車のなかから、遠藤照子《てるこ》は外を見る。

車がないというのは不便なことだ。この家が今も栄え続けていたならば、今日もタクシーではなく、抱えの運転手、佐々木《ささき》が迎えに来ていただろうに。

車内にかかっていたラジオがニュースになった。アナウンサーが粛々と、今上天皇の容態を読み上げている。

九月中旬に吐血された陛下は入院中で、それからというもの、毎日、体温や下血の量が詳細にテレビやラジオで流れてくる。

「奥さん」と呼ばれる声がした。

目を開けると、車は峰生の集落に入っていた。時計を見ると、ずいぶん時間がたっている。いつの間にか眠っていたようだ。

奥さん、と再び運転手が言って、車の速度を落とした。

「そろそろ峰生ですけど、その……どこらへんですか、アパートは？」

「アパートとは、なんのことでしょう？」

「だから、ほら、なんたら荘って名前を言ってたでしょ。それ、どこですか？」

湯ノ川にかかった橋を指差し、そこからカーブを経て、坂を上がるように照子は頼む。上《のぼ》りきったところで、二番目に出てきた門の前で停めてくれるように言うと、運転手が驚いた。

「うわ、なんだ、これ。すごい門……。奥さん、ここは城？　寺？」

「寺とは違います。ここが峰生の常夏荘」

門が開き、鶴子《つるこ》が現れた。真っ白な髪をうなじのところで束ねて、少し足をひきずっている。

今まではどこに行くにも鶴子が同行していた。しかし先月の終わりに鶴子が膝を痛めたので、今回は一人で東京の本家に行ってきた。

あの子のために――。

支払いをすませた鶴子が運転手にこの先の正門の前でUターンができると教えている。先に行く、とその背に声をかけ、照子は庭を突っ切り、使用人が住む『長屋』に向かう。

早く伝えてやりたい。祖父を亡くしたあの子に。

しかし長屋に明かりはついておらず、ノックをしても返事はない。

自分の住居である『対《つい》の屋』の玄関をくぐり、照子はキッチンに向かう。

長屋にいないのなら、あの子はきっとキッチンでコックの千恵《ちえ》の手伝いをしている。

キッチンのドアを開けると、鍋をかき回していたふくよかな女が、あわてて三角巾を取った。

「あっ、おかえりなさい、おあんさん。首尾は、どうでした？」

「悪くはない。彼女は？」

「耀子《ようこ》ちゃんですか？　つい、さっきまで、そこにいたんですけどね。学校の実習で作ったって言って、私に菜箸をくれましてて」

うれしそうに千恵が菜箸を手にした。

「……で、今日は特別授業があるって、さっき出ていきました」

「こんな時間に学校へ？」

「熱心ですね、先生も。だから、お夕飯を弁当にして渡しておきました。腹が減っては戦はできぬ、ですもんね。それで、どうですか、おあんさん。耀子ちゃんは東京へ行けそうですか？」

「おそらく、なんとかなる」

「いやあ、よかったあ。あんなに毎日一生懸命勉強してるんだもん。間宮《まみや》さんもそれが一番気がかりだっただろうから……」

「奨学金の審査会でも話題になっていたそうやわ」

そりゃそうでしょうよ、と千恵がうなずいた。

「峰生の農林高校の生徒が全国模試で毎回あんな良い成績を取るなんて。大快挙ですって。都会の進学校の子にまじって、マミヤヨウコ・峰生農林（静岡）って名前が出ている冊子を見せてもらったときは、ほーんと誇らしかった。なのに、どうして遠藤育英会はあの子を落としちゃったんですかね。ああいう子に奨学金あげないで、誰に出すっていうんです」

「いろいろ事情があるようよ」

タクシーを見送った鶴子がキッチンに入ってきた。やはり今回の東京行きの成果を気にしている。奨学生には選ばれなかったが、耀子が東京の大学に合格した暁には、龍巳《たつみ》が住まいなどの便宜をはかってくれると伝えると、鶴子が目頭を押さえた。

「親父様がそうおっしゃってくれるなら。勇吉《ゆうきち》さんもこれで浮かばれる……」

遠藤家の山林の管理をしていた耀子の祖父、間宮勇吉は半年前に、山菜の加工場での深夜勤務の際に倒れて、そのまま帰らぬ人となった。一人残された孫の耀子は高校三年生。東京の外国語大学を目指している孫娘の学費を作るため、夜も働きに出た矢先のことだった。

耀子が帰ってきたら、内線で連絡をくれるようにと鶴子と千恵に言い、照子は二階の自室に向かう。階段を上りきったとき、自分の部屋の前に小さな封筒が置かれているのに気が付いた。

封を開けると杉の香りがして、木を薄く削って作られた栞が出てきた。添えられた手紙を読み、照子はあわてて階下に下りる。居合わせた鶴子に事情を話し、二人で長屋へと急いだ。

合鍵で長屋の扉を開けると、室内は片付いていた。間宮の部屋には家財道具がなく、がらんとしている。耀子の部屋には家具が残っているが、参考書やラジオ講座のテキストがきっちりと紐をかけて、隅に積まれていた。

照子への手紙には、母のもとで暮らすと書いてあり、突然に常夏荘を出ていくことを詫《わ》びていた。

手にした封筒から木製の栞の香りが漂ってくる。その香りの青さに耀子の姿を重ね合わせて、照子は手紙に再び目を落とす。

何があったの？

あの子はどこに行こうとしているの――。

第一章

千恵には菜箸、鶴子には木のコースター、常夏荘の『おあんさん』こと、照子には木製の栞。高校の工作室を借りて、その餞別《せんべつ》を作り上げたのが二日前。それからおあんさんへの手紙を何度も書き直したのが昨日の夜。

清書したその手紙を対の屋の二階に置き、常夏荘を出たのがつい、さっき――。

浜松行きのバスの最後列に座り、間宮耀子は膝に置いたボストンバッグに目を落とす。

あんなささやかな品で、これまでのお礼になるとは思っていない。何も言わずに、こうして出ていくことのお詫《わ》びにならないのもわかっている。

どんなことでも筋道を立てて考えれば答えは見つかる。そう信じてこれまでやってきた。『どうして』ではなく『どうしたら』と考える。だけど今はその筋道を立てる力が出てこない。

バスの窓から夕闇を見上げ、耀子は星を探す。

宵の明星。峰生の『星の天女《てんにょ》』にまつわる星だ。

峰生の里を守る天女は日が沈むといち早く、あの星に光を与えるという。そして朝が来るまで夜空に明かりをともし続け、人々を見守る。夜が明けると、星々の光は花に宿って地を照らす。

みそらの花を星と言い、地上の星を花と言う。

そんな詩の一節を唱えながら、あの子はそう教えてくれた。

姿は変わっても、光はいつもともにある。だから何も怖がらなくていいのだと。

あの夏……。座席の背にもたれ、耀子は目を閉じる。

風に吹かれて山が鳴っている。その音に、さやさやと鳴る笹飾りと、風に吹き上がる色紙の鎖を思い出した。

「リュウカ君……」

なつかしい名前をつぶやくと、四年前、中学二年生の夏があざやかによみがえってきた——。

※

——八月三日の今日は、旧暦でいえば七月七日。峰生の七夕祭りは毎年、昔の暦の日付で行われる。

なかでも四年に一度、ちょうどオリンピックがある年には、大祭と呼ばれる華やかな祭りが行われ、そのときには町じゅうに笹が飾られ、稚児《ちご》行列や山車《だし》が通りを練り歩く。ロサンゼルス・オリンピックが開催される今年はその大祭の年で、峰生の集落はとてもにぎわっていた。山車と稚児行列を先導する「明星の稚児」の役を、東京で暮らす本家の子息、遠藤立海《たつみ》が拝命したからだ。

峰生の山林王と呼ばれている遠藤家の本宅、『常夏荘』の長屋門の前を箒《ほうき》で掃き終え、耀子は門を見上げる。

長屋門とは常夏荘の正門で、この邸宅で行われる冠婚葬祭のとき以外は、代々『親父様』と呼ばれる本家の当主かその来客しか使えない。

いつもは固く閉められているが、今日は『親父様』と息子の立海が滞在しているうえ、午後から大勢の客を招いて会を催すので、扉は開け放たれている。

この門の高さは二階建ての建物とほぼ同じだ。門の両脇に白塗りの壁に瓦を載せた、二階建ての家、『長屋』がついているから長屋門と呼ばれており、外から見ると城壁のようだ。

分厚い木の扉に触れながら、耀子は長屋門をくぐる。

四年前、小学四年生のとき、今と同じように開け放たれていた門をくぐった。あのときも石畳の通路の両脇に七夕の飾りが並んでいた。

ゆっくりと石畳を歩き、耀子は笹飾りを見上げる。

揺れる笹と色紙細工の向こうに、夏の青空が広がっている。

あの日、こうして空を眺めていたら、笹飾りのトンネルの向こうに小さな子どもが現れた。

紫の着物に水色のエプロンのような上衣、うなじについた星にも花にも見えるマークから、流星のような金色の房が下がっていた不思議な子だ。

あまりにきれいなので、神様だと思った。

その神様は実は人間で、親父様の息子、小学一年生になる立海だった。立海を音読みしてリュウカイ。それを縮めてリュウカ。そんなニックネームで呼ぶ友だちになっても、「小さな神様」と感じた思いはずっと変わらない。

石畳を歩いていくと、道は二手に分かれた。一つは昔は遠藤林業の本社だった建物や『百畳敷』と呼ばれる宴会用の施設へ、もう一つは『母屋』と『対の屋』と呼ばれる遠藤家の人々の二つの邸宅、そして使用人が住む『長屋』へ向かう道だ。

道の分岐点には、警備をしている男が立っていた。今日は東京や名古屋から大勢の来客があるので、普段は見かけぬ警備員が敷地のあちこちに立っている。

男が無線で話をしている。立海が先導する稚児行列は小学校の前を過ぎたそうだ。『親父様』こと遠藤龍巳と客たちは、小学校前に設けた桟敷席からそれを見ているらしい。

リュウカ君が歩くところ、見たかったなあ……。

ため息まじりに、耀子は手にした箒を見る。

昨日、大祭の装束の一部がお宮に飾られているのを見た。行列を先導する「明星の稚児」は宝冠と呼ばれる金色の冠をかぶり、他の稚児とは異なる豪華な衣装を身につける。小さな神様が、さらにパワーアップした姿のようだ。

警備の男と目が合ったので軽く礼をして、耀子は邸宅へ向かう道へ歩き出す。

この敷地内で『母屋』と呼ばれているのは洋館の隣に和風の家がつながった大きな建物で、親父様のものだ。広大な庭をはさんでその向かいにある和風の家はこの常夏荘の女主人、おあんさんの家で、『対の屋』と呼ばれている。

常夏荘は小学校の校庭並みに広いが、使われている建物はごくわずかで、住んでいるのもおあんさんと、お手伝いの鶴子とコックの千恵、それから森林の管理をしながら、常夏荘の力仕事をしている耀子の祖父、間宮勇吉だけだ。

その常夏荘が一ヶ月前から急ににぎやかになった。

稚児行列に参加した立海がそのあと、常夏荘で夏休みを過ごすことになったからだ。さらにその大祭の日に合わせ、親父様が常夏荘の百畳敷で撫子《なでしこ》会という会合を開くことを決めた。

ところがその百畳敷は前の大祭のときに宴会を開いたきりで、畳や壁がいたみ始めていた。母屋も四年前に立海が静養に来て以来、あまり使われていない。大至急、建物の修繕が行われ、静かだった常夏荘は一気に修理の職人や新しい品物を納める人たちでにぎわった。

母屋の子ども部屋の窓を見上げ、耀子は再び小さなため息をつく。

大人たちほど大がかりではないが、立海が来るという話を聞いて、耀子もひそかに支度を調えてきた。

金柑ジュースが好きな立海のために、山を越えた先にあるスーパーで、ガラスのコップを二つ買った。ふちに金色の波線が入ったきれいなコップだ。

それから甘露湯の夏版を考えて作ってみた。冷やした白玉に金柑の蜂蜜漬けのシロップをかけるだけだが、今年の冬に漬けた金柑はとても香りが良い。きっと立海は喜んでくれると思う。

でもなによりも、まず見せたいのは長屋の庭だ。

常夏荘という名前の由来は、遠藤家の家紋、撫子の別名が常夏であるところから来ている。ところがこの屋敷の庭には撫子がない。庭仕事が趣味の『おあんさん』こと照子に、おそるおそる理由をたずねたら、土が合わないらしく、花が咲かないのだという。

そこで三年前、祖父に頼んで奥峰生の撫子を根がついたままもらい、植木鉢で育ててみた。

最初の一年は花が咲かなかったが、二年目から花が咲き出し、昨年は鉢から種が飛んだのか、庭の垣根のあたりに撫子が根付いて咲き出した。

そして今、長屋の庭に二輪の撫子が並んで咲いている。風に揺れると踊っているかのようだ。

『おどるなでしこは、ぼくらのマーク』

そう言ってくれたことを、立海は覚えているだろうか？　きれいなガラスのコップで、花を見ながら金柑のジュースを一緒に飲もう。たくさん咲いたら、立海の部屋に飾ってあげよう。

そう思っていたけど……。耀子は軽くうなだれる。

立海が到着したのは昨日の正午近く。ちょうど中学校の登校日だったので、着替える間がなく、制服姿のままで出迎えた。

車から降りてきた立海は水色のジャケットに紺色のパンツを穿き、大人のような服装をしていた。しかし自分と同じく今も小柄なのが嬉しくて、思わず微笑んだら、目が合った。その瞬間、立海が不愉快そうに横を向いた。

馴れ馴れしく笑いかけるな、と言われたみたいだ――。

対の屋から千恵が走ってきた。肩から黒いショルダーバッグのようなものを提げている。

「やあ、いいところに来たぁ、耀子ちゃん。今、ちょうど捜しに行こうと思ってたとこ」

「えっ、何かあったんですか？」

「いやいや困ったことじゃないの。写真よ」

写真？　と聞き返して、耀子も千恵に駆け寄る。千恵が提げていたのは、カメラだった。

「これで、立坊《たつぼっ》ちゃんの写真を撮ってきてよ」

「私が？」

そうだよ、と千恵が笑った。

「おあんさんがそうおっしゃってる。お掃除はもういいよ。せっかくのお祭りなんだもん、行っておいでよ」

「えっ……でも、宴会のお手伝いが……」

いいってば、と千恵が手を軽く横に振る。

「今回は何もかも東京本家の人たちが仕切ってるんだもん、私たちがすること、まったくないよ。だから、ほら、行った行った。商店街のところが一番盛り上がるから、そこで撮ってきてね」

行ってもいいのかと案じながら、耀子はカメラを手にする。対の屋を見上げると、二階の窓に照子の姿が見えた。

背中を押されたような気がして、耀子は駆けだした。


常夏荘の門を出ると、風に乗って、にぎやかな音が聞こえてきた。太鼓の陽気な響きに、気持ちも弾む。

立海に会ったら、勇気を出して声をかけてみよう。

昨日は具合が悪かったのかもしれない。東京から峰生まで、ずっと移動してきたのだから。

でも、なんて話しかけたらいい？

飛ぶように坂を下りながら、耀子は懸命に考える。

私のこと、覚えてる？　リュウカ君に見せたいものが、いっぱいあるよ。

違うなあ、と耀子は軽く首を振る。

話したいことはたくさんある。だけど最初の一言がうまく浮かばない。

峰生の集落に入ると、清々しい緑の香りがした。家々の前に笹が掲げられ、色紙で作られた鎖や短冊が揺れている。

商店街に向かうと、沿道には人々が何重もの列を作っていた。

テレビが来ている、とみんなが沿道の奥を指差している。見ると、大きなカメラを抱えた人たちが中継車と書かれた車の横で作業をしていた。

新聞も来てるよ、と女の声がした。爪先立つと、新聞社の腕章を付けた人たちが役場の偉い人たちと話をしているのが見えた。

そりゃあ、みんな来るやろ、と前の列の老人が誇らしげに笑う。

「なんせ今年は豪華だ。本家の坊ちゃんの露払いで、下屋敷のお嬢さんが山車に乗る」

「寄附がすごいってな。見たか、お宮の菰樽《こもだる》。今年は溢れるほど振る舞い酒が出るそうだ」

「遠藤家さまさまの年だ」

下屋敷のお嬢さんと呼ばれる遠藤由香里《ゆかり》は、峰生在住の遠藤家の分家の娘だ。遠藤家にはこのほかに上屋敷と呼ばれる東京の分家がいて、こちらはたいそう栄えている。

だけど下屋敷はそうではない。立海を含め、遠藤家の子どもたちは代々、幼稚園の頃から東京の伝統ある学校に通うのがならわしだ。昔は下屋敷の子どもたちも中学になると東京に出て、その学校に入ったのだが、由香里は集落の他の子と同じく、峰生の中学校に通っている。

歓声が聞こえてきて、大勢の人々が小走りで移動してきた。

鈴の音が聞こえてくる。行列が近づいているようだ。カメラをしっかりと抱え、耀子は人混みのなかを進む。

最前列に出た瞬間、拍手が鳴り響いた。

顔を上げると、白装束の老人が鈴を打ち鳴らして、道を曲がってきた。

その鈴の音に導かれるようにして、一人の稚児が現れた。

白い着物に紫の袴、水色の上衣をつけた立海だった。五色の糸を垂らした笹を手に持ち、金色に輝く宝冠をかぶっている。薄く白粉をひいた顔は美しい人形のようだ。

あたりが一瞬、水を打ったように静かになった。それから爆発するような歓声が沸き上がった。

立海から少し間隔を置き、背の順に並んだ稚児たちが進んでいく。商店街に入ると、彼らは手にした籠から、花びらを模した色紙を沿道の人々にまき始めた。

撫子紋を染め抜いた法被姿の男たちに引かれて、大きな山車が現れた。撫子で飾られた山車の上に、古代衣装のような着物姿の遠藤由香里が座っている。五色の糸が垂れた宝冠を頭に載せ、手には金色の糸を束ねた房のようなものを持っていた。

沿道にかがんで、耀子はシャッターを切る。夢中になって立ち上がったとき、後ろの人に押されて道路に手をついた。

見上げると、立海が目の前に近づいていた。

地に片手をつき、星を眺めるような思いで、その姿に見とれた。四年前は顔に丸みがあったけれど、今はその丸みは削げ、小さな神様は少し大人になっている。

泣きたくなるような感情がこみあげ、耀子は立海を見つめた。

夏空の下、色とりどりの紙吹雪のなかで皆が幸せそうに笑っている。その熱狂を先導していながら、立海はただ一人、冷めた顔で歩いていた。

リュウカ君、と声をかけようとして、耀子はためらう。立海は静かに目の前を通り過ぎ、やがて行列は終わった。

商店街に置かれた菰樽が勢いよく割られて、酒が配られ始めた。人混みをかきわけるようにして、耀子は行列が入っていった広場に向かう。

広場には二つの白いテントが張られており、稚児たちが休んでいた。興奮さめやらぬ様子で、子どもたちは口々に何かを話しており、その横で親たちが水を飲ませようとしたり、装束をゆるめて汗を拭いたりしている。

立海を捜して、耀子はあたりを見回す。肩を叩かれて振り返ると、紺のTシャツに黒いジャージを穿いた見知らぬ男子が立っていた。

「やだなあ、そんなにビクッとせんでも」

男子が笑っている。背が高くて肩幅が広く、高校生のようにも見える。

「マミヤン、俺だよ、俺。公介《こうすけ》。ハムイチの弟の」

「ハムスケ君？　えっ、ハムスケ君なの？」

ハムスケこと六田《むった》公介は耀子より一歳下の中一で、彼の兄のハムイチこと公一《こういち》は中二。耀子とは峰生小学校の同級生だ。

この兄弟はサッカーが飛び抜けてうまく、ハムイチの中学進学を機に二人で峰生を出て、県内でもっともサッカーが盛んな市の中学に親戚の家から通っている。

ハムスケが照れくさそうな顔になった。

「そんなにビックリされると、俺も驚くなあ」

「ハムスケ君……やせたね」

「前がデブすぎたんやって。それが縦に伸びてちょうどよくなったんだな。今はイチ兄やんよりでっかいよ。おおい、兄やん、マミヤンがいるよ。こっち来いよ」

「おう、間宮、久しぶり。元気か？」

えらそうな声がして、ハムイチが現れた。ハムスケとおそろいのＴシャツとジャージを着て、手にはスポーツドリンクが入ったストロー付きのプラスチックボトルを持っている。

兄より大きいとハムスケは言ったが、その兄のハムイチ自身も峰生にいたときより一回り身体が大きくなっている。

元気です、と短く答えると、ハムイチが耀子の頭に手を置いた。身体と同じく、大きな手だ。

「間宮、なんだ、お前は相変わらず、ちっこいな。背、伸びてる？」

この二人が大きすぎるのだと耀子は思う。しかし気圧されて、うまく言い返せない。

「驚いただろ、ハムスケを見て」

ストローを吸いながら、ハムイチが弟をひじで軽くこづいた。

「タツボンも驚かせてやろうって思ったけど、姿が見えんのよ。うちの天香《てんか》も話したがってるんだけど。おーい、テンテン」

山車の陰《かげ》から、稚児装束を着た小柄な女の子が恥ずかしそうに顔を出して、また隠れた。

「タツボンに会えるって喜んでたのに、明星の稚児のカッコしたタツボンを見たら、びびって声をかけられんかったって……。俺もびびった。タツボン、女の子よりきれいや」

そやな、とハムスケがうなずいた。

「俺、由香里さんよりタツボンを山車に乗せたほうがいいと思ったわ……というより、星の天女は俺、マミヤンがやるのかと思った。白いし、ちっこいし」

「黒くてでかくて悪かったわね」

ハムスケの後ろから遠藤由香里が現れた。祭りの衣装はそのままだが、白塗りの化粧は落として、唇にだけ、よく光るピンクの口紅を塗っている。

峰生中学テニス部主将の由香里は日に焼けた顔が健康的で、手足が長く、テニスのスコートがよく似合う。今、人気のハワイ育ちのアイドルに似ていて、本人も意識しているのか、夏休みに入った途端、パーマをかけてそっくりの髪型にしていた。

由香里が腕組みをして二人の顔を見る。峰生で一番きれいな女子を前に、ハムスケは視線をそらせ、ハムイチは鼻のあたりを掻いた。

「あんたたち、ご活躍なんだってね。峰中サッカー部はハム兄弟が入ってくるの待ってたのに。仲間を見捨てて、自分たちだけ強いところに行ってさ」

「みんな、峰生魂を見せてこいって言ってくれたよ」

ハムイチの言葉に、由香里が横を向いた。

「当たり前じゃない。負けたら承知しないわ。ついでに言うとさ、本家の立海さんを歩かせて、長屋の子が山車に乗れるはずないでしょ。間宮も何、調子こいてんのよ」

「調子になんて乗ってません」

「だったら、こんなところで男子とへらへらしてないで、立海さんを見てあげたら？ 行列が終わるなり、しゃがみこんじゃって、今、あっちで休んでるよ」

「どこで？ どこでですか？」

ざわめく声がして振り返ると、スーツ姿の男が無線で何かを話しながら、人々をかきわけてきた。その後ろから、立海がゆっくりと歩いてくる。宝冠は下ろしているが、稚児の衣装を着たままだ。

「やーい、タツボン！」

一瞬、足を止めかけたが、ハムスケの声を無視して立海は進み、男たちとワンボックスカーに乗り込んだ。

人々の間からため息のような声がもれ、拍手が起きた。

「うわ、本家の立海さんったら、王子様みたい」

皮肉っぽく由香里は笑うが、きっと王子様並みに大変だと耀子は思う。大人たちに囲まれて歩く立海は疲れた顔をしていた。

常夏荘に帰ると、長屋門の前にマイクロバスが並んでいた。車で来ている人もいるが、今日は浜松や豊橋、遠くは名古屋駅まで来客の送迎をバスでするそうだ。

『対の屋』にカメラを返しにいこうとして足を止め、耀子は自分のポロシャツの袖回りや背中に触れてみる。

汗ばんでいたので、ひとまず『長屋』に戻ることにした。

中学入学を機に、対の屋での仕事に対して給料が出るようになった。それにともない、鶴子から服装についてのきまりを教わった。働くときは必ず身だしなみを清潔に整え、襟のある服を着て、エプロンか割烹着を着なくてはいけない。

長屋の共同の風呂場でさっと汗をながしたあと、洗いたての半袖ブラウスに耀子は手を伸ばした。鶴子に縫ってもらった紺色のスカートと、フリルがついた白い割烹着をつけて対の屋に向かう。

芝生の庭を歩いていくと、鶴子がバラの茂みの近くに立っていた。背伸びをするようにして何かを見上げている。

「ああ、耀子ちゃん、よかった。帰ってきてくれて」

鶴子がほっとしたような顔をした。

「立坊ちゃんが行方不明になってね。東京本家の衆が大騒ぎで家捜ししてる」

「ひょっとして……」

声をひそめて、耀子は対の屋の二階の屋根を指差す。

そこには『観月楼』と呼ばれる物干し場のような一角があった。四年前に同じように姿を消したとき、立海は対の屋の脇にある木を利用してそこへ上がり、手すりを乗り越えて屋根の上で遊んでいた。

鶴子が心配そうに、屋根を見上げる。

「見たところ、お姿はないけどねえ。おあんさんも屋根があやしいとおっしゃっている。でもあそこに上がるには、おあんさんの鍵がいるのでね……」

「私が見てきましょうか」

そりゃ助かるやあ、と鶴子がしみじみとした口調で言った。

急いで行ってくれ、と鶴子に方言で頼まれ、耀子は小走りで百畳敷に向かう。裏口に向かうと立海を捜しているのか、スーツ姿の若い男が縁の下をのぞいていた。

百畳敷とは、新潟の豪農の館にならって造られた宴会用の建物で、百畳近くあるといわれる大広間があるからそう呼ばれている。広間のほかにも、たくさんの控え室や立派な厨房があり、千恵によると「都会のホテルなんかよりずっと豪華」だ。しかし普段は雨戸が閉まっていて、なかを見るのは初めてだ。

裏口をくぐると、大きな土間が広がっていた。見上げると、高い天井に太い木の梁が何本も渡され、黒々と鈍いつやを放っている。木で造られた体育館みたいだ。

土間から板間に上がると、夏なのに足元がひんやりとした。足元を見ると、廊下の幅の半分には畳が敷かれ、残りは板敷きになっている。

着物の女性たちが行き来しているふすまがあったので、そっとなかをのぞいてみた。

その瞬間、息を呑んだ。

広々とした座敷に赤い毛氈が敷かれ、黒塗りのお膳がずらりと並んでいる。座敷の左右は障子も窓もすべて開け放たれ、そこから常夏荘の庭園が見渡せた。

不思議な思いで耀子は座敷をのぞき込む。

大きな広間なのに、この座敷の縁側には柱がない。まるで天井が浮いているかのようだ。そのせいか、外の景色が社会の教科書で見た、屏風の絵のように見える。さわやかな風が座敷を通り抜けていった。室内なのに、野外で宴会をしているみたいだ。

後ろから女の声がした。

「ちょっと、あなた。間宮さんとこの……なんて言ったっけ」

振り返ると、由香里の母親が立っていた。淡い紫色のワンピースを着て、真珠の長いネックレスをつけている。

「耀子です」

「耀子さん、あなた、畳を踏んでドカドカ廊下を歩いちゃだめよ。……何、ぽかんとしてるの」

由香里の母親が眉をひそめた。

「板敷きを歩きなさいな。使用人はそちらを歩くのよ。畳の廊下はお客様と、この家の人間の通り道」

あわてて板敷きに立つと、由香里の母親がふすまを開けて手招いた。

「ちょうどよかった、こっちに来て」

開けられたふすまの向こうには、盛装をした人々が大勢いた。

由香里の母親が腕時計を見た。ベルトの部分まで真珠がちりばめられた時計だ。

「そう言えば……あなた、さっき、稚児行列の解散場所にいたわよね。私は由香里と別れて先に来たんだけど、あの子がまだ来ないの。何か知ってる？」

知りません、と答えかけて、耀子は言い直す。

「あの……山車の近くで、みんなと記念撮影をしているのは見ました」

「記念撮影？　それはそんなに時間がかかるもの？」

わかりません、と答えたきり、耀子は口ごもる。

由香里はテニス部の後輩たちと記念撮影をしたあと、商店街の人に請われて『星の天女』の装束のまま出かけていった。あの様子では、しばらくあのまま、あちこちで記念撮影に応じているに違いない。

由香里の母親がため息をついた。

「撫子会に出席すると言うから、パーマを許してやったのに、なんで肝心なときにいないの」

由香里の母親の背後から小さな声がした。

「立海さんと二人きりでどこかに行ったんじゃなくて？」

立海さん、素敵だったもの、と誰かの声がした。

「育英会の俊才より、彼狙いに切り替えた？」

「無理無理、立海さんにはもう決まった人が……」

「だいいち下屋敷は婿養子をお探しなんでしょ。だったら……」

由香里の母親が振り返ると、シャボン玉のように声は消えた。

げすな人たち、と由香里の母親がつぶやいて、部屋から出ていこうとした。その背にあわてて耀子は声をかける。

「あのう、おあんさんは、どちらでしょうか」

あちらよ、と由香里の母親が廊下の奥を指差した。

「あちらって、あの……どこのお部屋」

答えずに由香里の母親は畳の上を歩いていった。

仕方なく奥へと進むが、廊下はだんだん暗くなっていく。古い建物の暗がりには、何かがひそんでいるみたいで足が重い。こわごわ歩いていると、「失礼ですが」と男の声がした。驚いて振り返ると、無線を持った男が立っていた。

なんだ、と男が鼻を鳴らした。

「客人かと思った。配達かい？　勝手口なら奥だよ。どこの子だ？」

「私どもの家の子ですよ」

涼やかな声がした。

暗い廊下の奥に、水色の着物を着た照子が立っていた。手には薄い木製の扇を持っている。

男があわてて頭を下げ、去っていく。

照子が微笑み、こちらに来るようにと言って、金色のふすまを開けた。なかに入ると、八畳ほどの部屋に赤紫の木で作られた椅子と机のセットが置いてあった。

照子が向かいの椅子を手で示している。

緊張しながら腰掛けると、照子が微笑んだ。切れ長の目がすうっと細くなり、口元にふわりと笑みが浮かぶ。朱色の薄い唇がとても艶やかだ。

お祭りに送り出してくれたお礼を言うと、もっとゆっくり楽しんできてもよかったのにと照子が言った。

「おかげでうちや鶴子は助かったけれど……」

照子が再び微笑む。そして透かし模様が入った木の扇子を広げると、立海を捜してほしいと言った。

稚児行列を終えた立海は装束を着て、峰生神社にお参りをしたあと、常夏荘に戻ってきたという。それから人々が晴れ着に着替えさせようとしたら、お手洗いに行くと言ったきり、消えてしまったらしい。

「どこかで聞いた覚えがある話」

京都風の抑揚で、照子がおっとりと言う。

「不機嫌な顔をした立海さんが、お手洗いと言い出したら要注意や。おそらく庵か観月楼にいるに違いない」

照子が優雅に扇をあおいだ。

「窮屈な着物から逃れて、いい気持ちで涼んではるに違いない。見逃してあげたいけど、一度ならず二度までも、うちのお屋根でおいたをされては困ってしまう。そうかといって、あの場にはこの家の者以外はあがってほしくない」

照子が布張りのクラッチバッグから小さなものを取り出した。

金色の房がついたキーホルダーだった。たくさんの鍵が一つのリングに束ねられている。

そのなかから二本の鍵を残し、他の鍵をバッグに戻すと、照子がキーホルダーを机に置いた。

「この大きいのが庵の鍵。小さいのが」

照子が手にした鍵を見つめた。

「二階の、書斎。うちの部屋の向かいの鍵。奥にガラス戸があって、観月楼に続く階段がある。大事なものやから、あなたと鶴子以外の人には決して触らせないでほしい」

「リュウ、立坊《たつぼっ》ちゃんを見つけたら、どうしたらいいですか」

「鶴子に連絡して」

「鍵はいつ、お返ししたらいいですか」

「それも使い終わったら鶴子に預けて。それから……そうね。立海さんには、ちゃんとご挨拶をしたら、うちがごほうびをあげるとお伝えして」

歌うように言い、照子が木製の扇をゆるやかにあおいだ。白檀の甘い香りがする。困っているようで、楽しんでもいるようだ。

ふすまの外から声がした。宴会の支度が調ったのだという。

お頼み申しますよ、と照子が扇を閉じ、出ていった。

渡された鍵を見ると、リングに付いた金色の房は、山車の上で由香里が手にしていたものと似ていた。

天女の持ち物を、貸してもらったみたいだ。


『庵』というのは常夏荘の敷地にある小さな建物で、なかにはお茶室がある。しかし普段は閉められている奥の障子を開けると、天井にまで届く大きな仏壇が現れる。お茶室というより、本当は常夏荘の仏間という場所だ。この部屋は雨戸を開けると三方向がガラス戸になっていて、明るくて陽気な雰囲気になる場所だ。

昔のおあんさんは、ここで峰生の女性や子どもたちに読み書きやお茶、お花を教えたり、ときには宴会を開いたりしたそうだ。

その『庵』か対の屋の屋上にある『観月楼』か、どちらを先に見に行こうかと考え、耀子は対の屋へ向かった。

もし立海が観月楼にいたら――。そして昔と同じく、屋根の高さに目がくらんで、降りられずにいたら大変だ。

照子の部屋の向かいにある扉を前にしたら、なぜか膝の力が軽く抜けてきた。「開かずの間」という言葉を怪談や探偵小説で読んだことがある。

それがいつも鍵がかかっている部屋という意味だったら、ここはまさに対の屋の「開かずの間」だ。他の部屋には鶴子を手伝って、カーテンを掛け替えたり、花を活けにいったりしているが、この二階の一室だけは入ったことがない。

鍵を開け、重たいドアを押すと、書き物机が目に入ってきた。

地球儀が載った大きな机で、端には万年筆が三本と虫眼鏡が置いてある。その向かいには本棚があり、たくさんの本が入っているが、どれも背表紙は色あせ、見るからに古い。

怖くなってきて、足早に耀子は窓際に進む。部屋の奥は床にタイルが貼られ、ガラス張りの温室のようになっていた。その隅に小さなドアがあった。開けると狭い階段が屋根へ続いている。

階段を上りきると、屋根の上に出た。そこに観月楼と呼ばれる四畳半ほどの板間がある。

思わず顔が笑ってしまった。

板間の中央に立海が寝転んでいる。真っ白な振袖姿で、床に広がった袖が蝶のようだ。

おそるおそる近づくと、目を閉じていた。男の子にしては長い髪が、かすかに風に揺れている。

立海が薄く目を開けた。

リュウカ君、と言いかけ、耀子はためらう。

「あの……大丈夫？　ですか。みんな、捜して……ますよ」

何も言わずに立海が目を閉じた。

「具合でも悪いの？　私、誰か呼んできます」

いい、と立海が言った。

「涼んでるだけ。大丈夫」

「じゃあ、私、鶴子さんに知らせてくる。みんな心配してるから……」

やめてよ、と小さな声がした。

「そうしたら、また着物を着せられる」

「もう着てるじゃない？」

薄く透ける白い着物を見て、耀子は首をかしげる。

これは下着だと立海が言った。

「これが？　こんなにきれいなのに？」

「この上にもう二枚着る。紫の着物とお被布」

「オヒフって何？　何ですか？」

「水色の上着。女の子はちゃんと帯を締めるんだけど、ぼくはナンチャッテ女の子だから、ゆるゆるに帯を締めて、上からあれを着るの」

ナンチャッテ女の子って何、と聞きかけて、四年前、病弱な立海が女の子のような服装をさせられていたことを思い出した。

風が吹いてきて、束ねた髪が軽くほつれた。

結び直そうとゴムをほどくと、「変わっちゃった」とつぶやく声がした。

何が？　と聞くと、「みんな、変わった」と立海が続けた。

「由香里もヨウヨも……みんな大人。ぼくだけが変わんない。前とおんなじ、小さいまま」

「私もちっこいよ」

髪を下ろしたまま、耀子は腰の両脇に手を当てる。

「背の順で並ぶと、いつもこれ。いちばん前。前へならえ、って手を伸ばしたことない」

立海がくすっと笑うと、起き上がった。

かすかな音がした。それと同時に立海が「あっ」と声を上げた。

寝転んでいた箇所の板に金色の糸がからまっている。着物の背にある撫子紋から下がっている糸だ。たしか、背守と呼ばれていた。

「また、やった……破れた？」

あわてて着物の背中を確認すると、糸が取れただけだった。

「破れてないよ、大丈夫。今度も糸が取れただけ」

板のささくれから慎重に糸を外して、後ろから手渡すと、立海が背を丸めた。

「ヨウヨ。ぼく、帰ってきたよ」

うん、と答えたら、鼻の奥がつんとしてきた。

「ぼくのこと、忘れてない？」

「忘れてない」

忘れるものか、小さな神様。

ずっと待っていた。花を育てて、ずっと今まで待っていた。

「昨日、ごめんね。制服着てると……ヨウヨ、大人みたいだった。髪の毛しばってると、知らない人みたい。ヨウヨだけが大きくなって、ぼくは小さいまま……。だけど」

立海がうなだれた。

「さっき、稚児行列のとき、突き飛ばされてたでしょ。あっ、って思った。ヨウヨ、ちっちゃい」

ハムイチに言われたのと同じ意味だが、立海に言われると嬉しい。

「ぼくとおんなじ。それで、ぼく……うれしくなって、ずっと広場で待ってたのに。ヨウヨったらお友だちと話をしてて、ぼくのことなんて全然、捜してもくれないの」

「捜したよ」

嘘だ、と立海が少し怒ったように言う。

「嘘だね。大学生みたいな子と、ずうっとお話をしててさ」

「大学生？」

「高校生？　よくわかんないけど、スポーツが得意そうな男の子たちだよ」

「ああ……。あれ、ハム兄弟だよ」

ええっ？　と立海が顔を上げた。

「どっちがハムイチ？　ハムスケ、いたっけ？」

「最初に話してたのがハムスケ君」

「あれがハムスケ？　全然太ってないよ」

「縦に伸びたんだって。そうしたら、ハムイチ君より大きくなったんだって」

立海が途方にくれた顔をした。

「えっ、待って。ひょっとして、あとから来た……あれがハムイチ？　あのゲータレードを持ってて、すっごくいかつい……一体、何のスポーツをやってるの？」

「サッカー」

「あの二人、中学生に見えないよ」

観月楼の手すりにもたれて、立海が笑う。その瞬間、今までの憂いが一気に晴れた。

「でもハムイチ君たちは、もう峰生にいないの。サッカーが強い町にいる。練習が厳しくて帰ってこられないから、私も会ったのは久しぶり。そうしたらハムスケ君が縦に……」

「びよーんと伸びてたんだ……」

ぼくらはいつ伸びるんだろう、と立海が遠い目をした。

「どんだけオジャコを食べればいいの」

「私は毎日、牛乳飲んでるけど」

よし、と立海が立ち上がった。

「ぼく、着物を着て、ちゃんとご挨拶してくる。そんで……昨日、もう東京に帰るってお父さまに言っちゃったから、取り消してくる」

「そしたら、いつまでいられるの？」

夏じゅう！　と立海が答えた。

本当？　と声が弾んだら、立海が笑った。

「行かまい、ヨウヨ……今日、覚えたの、峰生の言葉。『行こうよ』って意味でしょ？　この言い方で合ってる？」

「バッチリ、チリバツ……佐々木さんも、もういないんだよ」

鶴子の息子、佐々木信吾は二年前に結婚して長屋を出ていき、今は浜松の工場で働いている。

知ってる、と立海が歩き出した。

「みんな消える。みんな、ユゲになっていく」

「私はここにいるよ」

立海が振り返って微笑んだ。長い袖が風に舞い上がり、白い羽のようだ。

「だからぼくは来たの」

行かまい、ヨウヨ、と立海が手を伸ばした。

行かまい、と答えて、その手をつかむと、素晴らしい夏が始まる予感がした。


常夏荘の坂を下った先には、湯ノ川という清流があった。

本当は別の名前があるのだが、川原に温泉がわき、『湯小屋』と呼ばれる建物が二つ建っているので、その名前で親しまれている。

一つの湯小屋は小さく、常夏荘で働く人々や集落の人々のために設けられていたそうだが、今は使われていない。

もう一つの湯小屋は遠藤家のもので、今も週に二度、照子が使っている。

こちらは昔、常夏荘に遠藤林業の本社が置かれていた時代の施設で、脱衣場のほかにマッサージ用のベッドや、川を眺めながら食事などが楽しめるテラスのような場所が設けられている。

千恵から託された立海のおやつを持ち、耀子は常夏荘の坂を下る。

百畳敷の宴会に戻った立海は、鶴子によると『非の打ち所のないお行儀良さ』を発揮し、話の受け答えがたいそう利発で上品だと大人たちの間で評判になっているらしい。

そこでごほうびとして、立海に素敵なおやつを届け、給仕をするように頼まれた。

川原へ向かう階段を下り、耀子は湯小屋の戸を開ける。薄いグレーのスーツを着た青年が振り返った。肩幅が広くてがっちりとした体格の人だ。

「君が耀子ちゃん？　間宮さんトコの」

青年が軽く頭を下げ、名刺を差し出した。

「はじめまして。大宮《おおみや》と申します。立坊ちゃんのこと、僕が青井《あおい》先生からいろいろ引き継いでいます」

「先生なんですか？」

いやいや、と大宮が顔の前で手を振った。「やあやあ」とも聞こえる言い方だ。

「僕は勉強、からっきし駄目で。立坊ちゃんに教えられるのは、くだらんことばっかり。さすがに間宮さんみたいにはいかない」

祖父の知り合いだろうか。

そう思って見上げると、大宮がテラスを指差した。

「それで、おあんさんからお話は聞いてる？」

「立海さんのおやつのお給仕をするようにって」

「バスケットと飲み物はテラスにもう置いてあるよ。……立坊ちゃんはそろそろ出たかな」

大宮が立海の名を呼び、脱衣場に入っていった。奥から物音がして、かすかな話し声がする。

脱衣場の扉が開いて、立海が出てきた。白いポロシャツに紺のキュロットを穿き、玉ねぎのように、髪をタオルですっぽりと包みこんでいる。

「わあお、ヨウヨ！　どうしたの？」

恥ずかしそうに立海が頭に巻いたタオルをはずした。

「よかったですね、立坊ちゃん」

大宮がテラスの方角を見た。

「あのときの続き……四年前のあの続きを耀子ちゃんと二人で、とおあんさんが」

「あのときって？」

見上げた立海に、大宮が微笑む。立海の顔にも、ゆっくりと笑みが広がっていった。

「それじゃ頼むね、耀子ちゃん。立坊ちゃん、食べ過ぎないでくださいよ」

立海がうなずくと「じゃ！」と手を上げ、軽快な足取りで大宮は湯小屋を出ていった。


テラスに置かれたクーラーボックスを開けると、アイスティーが入っていた。その隣に置かれた籐のバスケットを見た立海が、なつかしそうに笑った。

「これ、ヨウヨ、五平餅をつくったときの……」

「そうだよ。ピクニック・バスケットって言うんだって」

照子が庭でお茶を飲むときにも持ち出されるこのバスケットは、四人分の皿やコップ、カトラリーや食材が入るカゴだ。

「もしかして、おやつは五平餅？」

「ううん、千恵さん特製のハンバーガー。おいしいよ。肉汁がじゅわーっと出て、トマトの薄切りと良く合うの。今日は目玉焼きとアボカドも入ってるよ」

「すっごくゴージャス！」

ハンバーガーに添えられた千恵のメモによると、「外で食べるのもおすすめ」らしい。その文の下には自画像らしいふくよかな女が描かれていて、「デザートは川原でドンブラコ～」と叫んでいた。

立海が首をかしげて、メモを見た。

「川原でドンブラコ。なぞなぞ？　ヨウヨ、意味、わかる？」

「言葉のなかに秘密があるとか。ドンブラコ、ドンブラ・コ、ドン・ブラコ」

何かが流れてきそう、と立海が立ち上がって川を見た。

「ねえヨウヨ、ボートかも。ディズニーランドみたいに、ボートが来て、ぼくらをどこかに運んでくれるの」

ディズニーランド、と耀子はつぶやく。

昨年に開園したばかりの東京ディズニーランドは、峰生中学でも話題になっており、この夏休みには何人かが遊びに行くと言っていた。

「リュウカ君はもう行った？　ディズニーランド」

うん、と生返事をしながら、立海が背伸びをしてさらに上流を見ようとした。

「何が面白かった？」

イッツ・ア・スモールワールド、と立海が言う。昔は外国人のような発音でカタカナの言葉を言っていたが、今はごく普通だ。

「それからジャングルクルーズ。ボートに乗るアトラクションが好きなの」

「でも、ここ、舟が来るほど深くないよ。私、ちょっと川原見てくるね」

ぼくも、と立海が言い、二人で走るようにして川原に出る。すると浅瀬の石の上に大きな麦わら帽子が置かれていた。風で飛ばないように、つばの部分に石が置いてある。

立海が駆け寄り、帽子を取った。その瞬間、はじけるようにして笑った。

帽子の下には、石で囲った小さなプールが作られている。透き通った水のなかには、大きな桃が二つ並んで揺れていた。

「桃がゆれてる。ドンブラコって感じじゃないけど。ねえ、ヨウヨ、外で食べようよ」

麦わら帽子をかぶった立海の提案にのり、二人でピクニック・バスケットとハンバーガーを運んで、再び外へ出た。

夏の日を浴びた石に座ると熱いが、水に足をひたせばふるえるほどに冷たい。

ハンバーガーを手にした立海が、急にあらたまった顔になった。

「あのね、ヨウヨ……。ぼく、もう一個、あやまらなきゃいけないことがあった」

何、と聞いたら、立海が膝に食べ物を置き、うつむいた。

「お手紙……。ぼく、お手紙をずっと……書けなくてごめんなさい」

「なんだ、そんなこと？」

ほっとしたら、肩の力が抜けて、笑いがこみあげた。

「いいの、そんなの。リュウカ君は忙しいんだってわかってたから」

立海の気持ちを盛り上げようと、耀子はハンバーガーを指差す。

「これ、とても厚いでしょ。大口を開けて、かぶりつくのがおすすめって、千恵さんが。ほら」

大きく口を開けて、ハンバーガーをかじる。唇の端についたケチャップをこっそり指でぬぐうと、立海がかすかに笑った。

行儀が悪かっただろうか。

力なく食べ始めた立海を横目で見ながら、耀子は手紙のことを考える。

四年前、立海の家庭教師だった青井が残していった課題の本を読んで感想文を東京に送ると、その返事に同封して、最初のうちは立海の手紙が入っていた。

やがてその手紙は短いメッセージになり、そのうち青井の手紙だけが届くようになった。立海は習い事が増えて忙しく、手紙を書く時間が無いのだという。

その手紙を受け取ったのと同じ時期に、祖父が青井にあまり手紙を出してはいけないと言った。

やがて小学校の卒業が近づき、課題の本をすべて読み終え、最後の感想文を送ると、この二年間、しっかりと学んだ証だと、シャープペンシルとボールペンのセットが送られてきた。そして、新しい課題として、再び本のリストが来た。

嬉しくて祖父にそれを報告すると、中学生になったら忙しくなるから、先生にはもう感想文を送れないと伝えるように言われた。

なぜ、と聞いたら、黙っていた。

その沈黙が怖くて、言われた通りに青井へ手紙を書くと、それならば、そのリストの本だけでも読んでみてくれと返事が来た。そしてよかったら、これからは「気付」という言葉を使って、こちらの住所に手紙をくれと東京の学校の名前が書いてあった。

東京本家の人たちは、青井や立海との交流をいやがっている。あるいは常夏荘を嫌っているようだ。

かじっていたバーガーを膝に置き、立海がつぶやいた。

「ぼくは……何度もお手紙を書いたよ。青井先生もお父さまに……」

「もう、いいよ」

立海がさらにうつむく。そうしていると、四年前の小さな姿が心に浮かんだ。

「気にしない、リュウカ君」

立海の頬を軽くつまんで、揺すってみる。

「リュウカ君は『気にしんぼ』だね」

「きにしんぼ、って何？」

「寂《さび》しんぼの兄弟」

頬から手を離すと、立海が見上げてきた。

「『気にしんぼ』も『寂しんぼ』もいらないの。だって、今、こうして会ってるから」

聞き取れぬほど、小さな声がした。

「子どもあつかい、しないで、ヨウヨ」

「子どもなのに？　私たち、ミニミニ・サイズじゃない」

「早く大人になりたいな」

立海がつぶやくと、大口を開けてハンバーガーにかぶりついた。目玉焼きから半熟の黄身が流れて、唇の端に付いている。

紙ナプキンを差し出したが、立海は指でぬぐうと、ぺろりとなめた。

「……大人になったら何でもできるのに。でもあと少しで十一になるから、女の子の着物はもうおしまい。振袖も今日で最後」

これも、と立海が紺色のキュロットを引っ張った。

「あと二センチ背が伸びたらおわり。でもその二センチが伸びないのよ。あっ……」

立海が恥ずかしそうな顔をした。

「困ったな、ぼくのしゃべり方、まだ直らない。気を抜くと、女の子みたいになっちゃうんだ」

急に男の子らしく話そうとする立海に、耀子は微笑む。

「いいのに、別に。私、リュウカ君の話し方、好きだよ」

立海だけではなく、自分の話し方も少し変だと耀子は思う。

あの冬、青井と立海と過ごしてから、学校の勉強がわかるようになり、話し方や給食の食べ方も、人から馬鹿にされることはなくなった。

しかし友だちができない。中学に入ってもクラスメートと打ち解けて話せず、距離を置かれてしまう。クラブ活動も放課後は常夏荘で千恵や鶴子の手伝いをするため、あまり活動していない英語部に入ったので、先輩、後輩の交流もない。

立海はどうなのだろう。

機嫌を直したのか、大口でハンバーガーにかぶりつく立海を見る。

友だち、できた？

ニックネーム……あだ名で呼び合える友だち、いる？

聞いてみたくなって、また口をつぐむ。東京での立海の姿を知ったら、今みたいに気軽に話せなくなるかもしれない。

「ねえ、ヨウヨ、桃食べよう。ぼくが取ってきてあげる」

立海が立ち上がると、その拍子にかぶっていた麦わら帽子が落ち、風に乗った。

浅瀬に落ちた帽子を取りにいこうとする立海を、耀子は押しとどめる。

「待って、リュウカ君。私が取ってくる」

「えっ、でも」

「リュウカ君は靴、履いているし。私はサンダルだから、すぐ脱げる」

素足で水に入り、耀子は帽子に手を伸ばす。ところが帽子は流れに乗ってしまい、少しずつ距離が離れていく。それを追って駆けだした瞬間、景色が揺れた。

滑った、と思ったときには、尻餅をついていた。

服の内側に水が入ってくる。あわてて立ち上がったつもりが、足に力が入らず、前に手をついた。その間にもどんどん帽子は流されていく。仕方なく膝で這ってい き、思いきり手を伸ばして帽子をつかむ。

つかんだ、と思ったら、はずみで今度は前に倒れた。

「ヨウヨ、大丈夫？」

大丈夫、と濡れた顔を腕でぬぐうと、照れくさくなって思わず笑った。

「ちょっと滑っただけ。石がぐらっと動いて」

再び笑ってみたものの、足に力が入らない。服はすっかり濡れて、腹が冷えてきた。

おかしいな、と足首を回すと、痛みが走った。足首をひねったみたいだ。

拾った帽子の水をはらい、飛ばないように深くかぶる。それから手をつき、膝で進みながら、ゆっくりと岸に向かうと、「どうしたの」と立海の声がした。

顔を上げると、立海が靴を脱いでいる。あわてて「いいよ」と叫んだ。

「いいから、リュウカ君。いて、そこにいて。危ないから来ないで」

危ないの？　と立海の声が裏返った。

「大変、ヨウヨ、待ってて、ぼくも……」

「いや、本当にいいの。ね、リュウカ君、そこにいて、そこでじっとしてて」

水は浅いが思った以上に勢いがあり、川底の石は不安定だ。もう少し下に行くと、流れは一気に深くなる。

受け取って、と岸に帽子を投げると、円盤のように飛んでいった。

立海が走っていき、岸に落ちた帽子を拾う。

「ぼく、誰か呼んでくる」

「呼ばなくていいよ、リュウカ君。こうやって這っていけば大丈夫」

「ぼく……ぼく……、ごめんね。ヨウヨ、そうだ、内線で」

「本当にいいんだって！」

湯小屋に駆け戻ろうとした立海が足を止めた。大きな黒い車が常夏荘に向かって橋を渡っている。

トヨタ・センチュリー。運転手の佐々木がいた頃、照子が乗っていた車だ。

「おおい、停まれ」

立海が叫びながら、川原から道路へ上がる階段に向かっていった。

「停まれ、停まって、リュウジ！」

リュウジ？　龍治《りゅうじ》？　川底に膝をついたまま、耀子は階段を見上げる。

ひょっとして、おあんさんの……。

たまに名を聞くその人は照子の息子で、イギリスへ留学後もずっと海外にいた人だ。昨年、帰国して、半年前に東京で盛大な結婚式を挙げている。

センチュリーが停まり、後部座席の窓がわずかに開いた。

おおい、と立海が大きな声を出した。

「龍治、ぼくのお友だちが動けないの。車に乗せて」

後部座席の窓が滑らかに下がっていき、男の顔が見えた。青みを帯びたような白い肌が、冷酷そうに見える男だった。

立海を一瞥すると、窓は静かに閉まっていった。

走り出すのかと思ったら、運転手が降りてきた。そして後部座席のドアを丁重に開ける。

背の高い男が現れた。ゆるく波打つ長い黒髪に、黒いシャツと黒いスラックス。やわらかそうなシルクのシャツは裾が出しっぱなしで、胸もと深くボタンが開けられている。

だらしない着方のはずなのに、そうは見えず、まじまじと見つめてしまった。

遠藤龍治のことを由香里は「遊び人」と言っていた。『親父様』は、孫の龍治の出来の悪さに絶望して、六十歳近くになって息子の立海を作ったという噂だ。

物憂げに龍治が立海を見て、煙草に火を点けた。

「どうした、小さな叔父《おじ》さん」

「おい、龍治。ぼくらを乗せてくれるの、くれないの？」

立海叔父さん、と龍治が銀色のライターを胸ポケットに入れた。

「いくら叔父さんでも、もう少し言い方ってものがあるんじゃないかな」

煙草を吸いながら、龍治が階段を降りてきた。そして川原に下りると、まったく歩調を緩めず、そのまま川に入ってきて目の前に立った。

「どうした、君。足でもくじいたか」

あわてて立ち上がろうとすると、煙草を捨て、龍治が手を伸ばしてきた。身をこわばらせた瞬間、ふわりと身体が宙に浮いた。

絵本で見た姫君のように抱き上げられている。それがわかった途端、「いいです」と悲鳴まじりの声が出た。

「本当に、大丈夫ですから！」

水しぶきを上げ、立海が川に駆け込んできた。

「龍治、いやがってるじゃないか、ヨウヨから手ぇ離せ」

「叔父さんが彼女を運ぶかい？」

立海が目を怒らせ、龍治を見上げた。

捻挫《ねんざ》かもしれない、と龍治が言った。低くて、やわらかい声だ。

「君の足は、あまり動かさないほうがよさそうだ」

「いいです。下ろしてください！」

「下ろしてやりたいのは山々だけど、小さな叔父さんがうるさいからね」

龍治が岸に着き、階段を上り始めた。怒った顔で、立海がそのあとをついてくる。

運転手が後部座席のドアを開けると、真っ白な座席のカバーが目に入ってきた。

「大丈夫です、本当。座席が濡れますから」

「すぐに乾く。しつこい遠慮はかえって無礼だ。立海叔父さんは前に座れ」

ぞんざいな口調のわりに、優しく座席に下ろされた。見上げると、冷たく感じられるほど整った顔立ちの人だった。

力のある大きな目は立海と同じで、薄い唇は照子に似ている。

遠藤家の人たちはみんな綺麗《きれい》だ。

立海が助手席に座ると、車が動き出した。車内は冷えきって、外の熱気が嘘のようだ。カーオーディオからピアノの演奏が静かに流れていて、時折、白檀のような深くて甘い香りがする。

座席にもたれ、龍治は目を閉じている。

疲れてるみたい……。そう思ったとき、龍治が目を開けて、こちらを見た。

心のなかの声を聞かれたようで、うろたえた。視線をそらせたいのに、黒々とした瞳から目が離せない。身体中の血が顔に集まってくる気がしたとき、車が通用門の前で停まった。

あわててドアを開け、転がるようにして外へ出る。

車内にいる龍治に礼を言い、なるべく大丈夫そうに必死で歩き出すと、立海が追いかけてきた。

「大丈夫？　ヨウヨ」

足首が痛い。しかし笑って、大丈夫だと答える。

「その様子だと腫《は》れてくるかもしれないな」

穏やかな声が背後から響いてきた。

「そうしたら無理をせず、病院に連れていってもらうんだね」

振り返ると、龍治が対の屋に向かって歩き出していた。運転手がトランクから銀色のスーツケースを二つ降ろして、あとを追っていく。

立海が大声で礼を言うと、前を向いたまま、龍治が軽く手を上げた。

「あれが……おあんさんの息子さん？」

「そう。お兄さまの子ども。ぼくより大人だけど、ぼくは龍治のおじさまなの」

何しにきたんだろう、と立海が訝しげに言った。

龍治は峰生が大嫌いなのに――。

※

――バスが終点の浜松駅に着き、乗客が降りだした。

目を開けると、あの夏は一気に過去のものになってしまった。

小銭を集めて料金を払い、耀子はバスのステップを下りる。

雨まじりの風に吹かれて足もとがふらついた瞬間、冷たい川のなかからふわりと龍治に抱き上げられた感触を思い出した。

あれはまるで、龍の背に乗せてもらったような瞬間だった。

第二章

『対の屋』のソファに腰掛け、照子は耀子の手紙を読み返す。

あのしっかりとした娘が、千恵や鶴子に何も言わず、母親のもとに行ったというのが気に掛かる。

耀子の母親は、横浜の近くでエステティックサロンを経営していると間宮は言っていた。それを間宮が知っていたということは、常夏荘に幼い耀子を置き去りにした件について、間宮と母親、耀子の間では和解がなされていたのだろうか。

そうだとしても、もう一つ気になることがある。

長屋から持ってきた小さなポーチを照子は手にする。玄関のわきに落ちていたそのポーチは古い帯地を利用した鶴子の手製で、金地に鶴や松竹梅が緻密に織り出された雅《みやび》やかなものだ。耀子はこのポーチに大切なものを入れていて、保険証や印鑑が必要なとき、ここから出しているのを何度か見たことがある。

一緒に持っていくつもりでうっかり忘れていったのか、それとも何か、他の意図があるのか。

ポーチを開けると印鑑や保険証はないが、峰生神社のお守りと紳士物の腕時計、万年筆、写真が二枚入っていた。写真は銀杏の木の下で農林高校の制服を着た耀子と並んでいる祖父の間宮、もう一枚は峰生中学の制服を着た耀子が立海と並んでいるものだった。

立海といるところを見ると、四年前の夏だ。

ソファの背にもたれて、照子は二枚の写真を眺める。

間宮が亡くなったとき、耀子には今後のことは精一杯力になると伝えた。先月、奥峰生の遠藤林業で、間宮を偲ぶ会が行われたときにも、同じ意味のことを帰りの車内で伝えたはずだ。

今回、東京の龍巳のもとに出かけたのは、東京の大学へ進学する支援の話を詰めにいったのだと、うすうす耀子も知っている。そう考えると、春になれば進学のために常夏荘を離れていくわけで、今、母親と暮らさねばならぬ理由が思い浮かばない。

手紙に書かれた母という文字に、照子は目を落とす。

どれほどの思いをさせられようと、最後に子どもが頼るのは母親なのだろうか。

そうだとしたら、自分はあの夏、取り返しのつかないことをしてしまった――。

ソファの肘掛《ひじか》けに軽く肘を突き、照子は物思いにふける。

写真のなかで幼い立海と耀子が無邪気に笑っている。

この一枚を撮ったのは誰だろう。間宮だろうか。それとも息子の龍治だろうか。

あの夏は子どもたちが、子どもでいられた最後の時だったのかもしれない。

『百畳敷』で撫子会が行われた年のことだ――。

※

――峰生の七夕の大祭は近年にない盛り上がりを見せて、三日前に終わった。

期間中は常夏荘の隣にある神社の境内で大人には酒、子どもには氷菓子やラムネがふんだんに振る舞われ、日が落ちると集落では盆踊りや演芸大会が行われていた。昼夜を問わず、その賑わいは風に乗り、常夏荘にもかすかに聞こえてきた。

しかし祭りが終わり、都会から帰省した人々や見物客が帰っていくと、集落はいつものようにひっそりと静まりかえった。

峰生神社で、今年の大祭を終える行事に立ち会った後、照子は本殿を出る。

広い境内では数人の氏子たちが祭りの片付けをしていた。敷地のまんなかに掘られた大きな穴から、皆が灰をかきだして一輪車に積んでいる。

祭りの最後の夜は笹飾りをその穴に集めて火を掛け、天へと送る。

それは大祭のクライマックスで、その煙を浴びると無病息災になり、さらには笹に結んだ願い事が天へ通じて叶うと言われている。そこで人々は家に飾った笹を手にして、常夏荘の坂をのぼり、奥の神社へとやってくる。

三日前の夜、神社の役員たちと会食をしながら、本殿にしつらえられた席から人々の様子を眺めた。するといつの間に作ったのか、立海が小さな笹飾りを手にして、炎のところにやってきた。続いて同じように笹を手にした耀子と幼い女の子、体格の良い少年が二人現れ、子どもたちは煙を浴びながら楽しげに話をしていた。

炎に照らされた立海の顔を、その席からあらためて眺めた。

少女のような優美な容姿は母親の「小夜《さよ》」こと美和《みわ》にそっくりだ。しかし目は遠藤家の血を色濃く継いで力があり、そこは夫の龍一郎《りゅういちろう》にも、息子の龍治にも似ている。

その龍治は四日前に突然、常夏荘にやってきて、今も対の屋にいる。

それは「撫子会」という遠藤育英会の奨学生のOBが集う親睦会が行われた日だった。年に二回、正月と夏に開かれるこの会は例年、東京のホテルで行われるのだが、今年は常夏荘で行われ、それに伴って、もてなしに使われる百畳敷が大幅に修繕された。

この育英会の前身は『親父様』こと遠藤龍巳の父の時代までさかのぼり、最高齢のOBは龍巳より年上だ。会の奨学金には返済義務がなく、毎年、年明けと夏に開かれる撫子会のどちらかに参加することだけが条件になっている。

奨学生は申請を受けた高校生のなかから審査され、例年一名か二名選ばれるが、いずれも国内有数の大学に進学を希望している優秀な男子生徒ばかりだ。

彼らは大学卒業後、さまざまな分野に就職して頭角を現す者が多く、長い歳月の間に撫子会は親睦会というより、業種や立場、年代の垣根を越えて情報を交換する場にもなっている。

耀子の父親、間宮裕一《ゆういち》もこの会の一員だった。奨学生に決まった高校三年生の冬、東京のホテルの宴会場で、そうそうたる地位にいる会員たちを前に、堂々と挨拶をしていた学生服の姿をよく覚えている。

四日前、百畳敷に招かれた会の人々をまぶしそうに眺めていた耀子を見たとき、かつて父親の裕一もこの宴席に連なっていたこと、なかでも特に将来を嘱望された存在だったことを教えたくなった。しかしそれを言ったところで、少女は返答に困るだろうし、祖父の間宮が父親について耀子にあまり教えていないことを考えると、何も言わないほうがいいと考え直した。

それでも、もし彼が生きていて、遠藤地所で順調に昇進していたら、どうなっていただろう。

笹を焚く火に照らされ、仲良く並んでいた立海と耀子を思う。

もし、そうであったら、あの二人はもっと幸せな出会い方をしていたに違いない。

峰生神社の鳥居を出て一礼し、照子は常夏荘へ足を向ける。長く続く常夏荘の白壁を見ながら、ほろ苦い思いで笑った。

過ぎてしまった時間に「もし」という可能性をさぐるのは、無駄以外の何物でもない。それでも年を重ねたせいか、最近、しきりとその可能性について考えてしまう。

常夏荘の通用門をくぐると、百畳敷の大きな屋根が見えてきた。

大祭のあの日、百畳敷で行われた撫子会は午後には終わり、大半の人々はすぐに帰っていった。例年ならそれで終わるはずなのだが、今年は夕方からもう一つの会が行われた。

日暮れとともに、遠い町のナンバープレートを付けた大きな車が次々と常夏荘に入ってくるのに驚いた。そのたびにあたりには緊張した空気が立ち上る。

やがて龍巳に呼ばれて挨拶に行くと、昼間の会にいた数人のメンバーに加えて、政財界の著名な人々が百畳敷に集まっていた。無線を使って朝からものものしい警備をしていたのは、彼らを意識してのことだった。

住まいの対の屋へ向かって芝生を歩いていきながら、そんな席になぜ、息子の龍治が呼ばれたのだろうかと照子は考える。

今年の初めに実業家の娘と結婚した龍治は二ヶ月前に「性格の不一致」を理由に新居を出て、妻の千香子《ちかこ》は実家に戻っている。時を同じくして、勤め先の遠藤地所で問題をおこし、祖父の龍巳に自宅謹慎を命じられていたが、この日は夜の会合に合わせて常夏荘にやってきた。

以前から長かった龍治の髪はさらに伸び、背中にゆるく波打っていた。浮ついたその風体に言葉を失ったが、髪をうしろで束ねてスーツを着ると、長身によく映え奇妙な威圧感がある。

　その姿で龍治は終始、祖父の龍巳のそばにいて、落ち着いた物腰で宴席をはじめ、さまざまな場を取り仕切っていた。

　一行はその日は常夏荘に泊まり、翌日はゴルフに出かけ、そのまま東京に戻っていった。同行した龍治も東京に帰るのかと思っていたが、夕方になるとゴルフ場から常夏荘に戻ってきた。ほとぼりがさめるまで常夏荘で謹慎するように、と龍巳に言われたのだという。

　龍治は峰生を嫌っており、父の龍一郎がこの地で亡くなって以来、ほとんど来たことがない。それなのに妙に楽しげに、謹慎を命じた祖父の言葉を伝えてきた。

　何を考えているのか、わからない。

　ため息まじりに歩いていくと、対の屋が見えてきた。

　自分の家なのに、ここ数日、対の屋は騒がしくて居心地が悪い。できることなら『庵』に一人で閉じこもっていたい心境だ。

　玄関ホールに入ると、二階から琴のような音色が聞こえた。

　続いて何かが落ちる音がして、立海の奇声が聞こえた。それから静かになったと思うと、今度は途切れ途切れに糸をはじくような音がする。

　二階の自室に上がりかけたが、照子は一階の居間に入ってソファに腰掛ける。

　本当は心静かに二階で刺繍を楽しみたい。しかし、静けさを求めるのなら、外で庭仕事をしたほうがいいのかもしれない。

夏休み中、立海を常夏荘で預かることは、前回ほどためらいはなかった。今回は母屋を開けず、立海はこの対の屋の客用寝室で過ごすことになったから、鶴子や千恵にも以前ほどの負担はない。

ところが龍治もこの家にいることになり、事情が変わった。立海が使っている部屋とは違う、もう一つの客用寝室を使うように龍治に言うと断られた。あの寝室は狭いうえに机が小さくて、仕事にならないのだという。そして滞在中は二階にある亡き父、龍一郎の書斎を使いたいと言った。

あの部屋は今も特別で、誰も入れたくない。

しかし龍治が東京からいろいろな物を取り寄せ始めると、たしかにその寝室に荷物が入りきらなくなった。これからさらに仕事関連の品物が届くのだという。

仕方なく龍一郎の書斎を使うように言うと、今度は立海の守り役で、龍巳の秘書でもある大宮良太《りょうた》が峰生に帰省しているところを呼び出し、彼の親戚の少年たちとともに室内の父の遺品を蔵に運び始めた。

この書斎はずっと大切に残してきた場所だから、やめてほしいと伝えた。

しかし龍一郎そっくりの目をした龍治に、いつまでも過去にひたるのはやめたらどうかと言われ、それ以上は反論できなかった。

二階からまた音が響いてくる。

今度はレコードの音で、若者が好みそうな、速くてやかましい曲だ。

龍治が来て一番困ったのはこの騒音と、昼夜が逆転していることだった。朝は眠らせてほしいと言って龍治は朝食をとらず、昼になるとようやく起きてくる。それから千恵に軽食を作らせて二階に戻ると、音楽を流したり楽器を弾きだしたりして、夜中まで何かしら音は途切れずに続く。

典型的な道楽者の生活だが、龍治が言うには海外とのやりとりをするには、夜のほうが都合が良く、音楽は自分の仕事の一部だから仕方がないという。

遠藤地所でそんな仕事をしているのかと聞いたら、「まさか」と笑った。友人と起《た》ち上げた企画会社の仕事だという。何の会社なのかと重ねて聞くと、海外のカルチャー・ムーブメントや最先端のショップの動向をいち早くつかんで紹介するのだと言った。

何を言っているのか、やはりわからない。

思い出すだけで疲れてきて、照子はソファの背にもたれる。

鶴子にお茶を淹れてもらおうかと思ったとき、二階の扉が乱暴に開く音がした。

「下ろして」

澄んだ声が上から響いてくる。立海の声だ。

「ねえ、下ろしてよ。テルコ〜。おーい、テルコ」

居間を出ると、龍治が階段を下りてくるところだった。うつぶせにした立海を右肩の上に乗せ、その両足を胸の前でがっちりとつかんでいる。仕留めた獲物を猟師が運んでいるかのようだ。

階段を下りながら「おあんさん」と龍治が呼びかけた。

この子はどうして母親のことをこう呼ぶのだろう。苛立ちを感じながら居間に戻ると、龍治が入ってきた。

「なんとかしてください」

「何があったんです？　どうしたの立海さん」

「龍治の部屋からナゾの音がするの。で、見にいったらつかまった」

『観月楼』から来たのだと、苦々しげに龍治が言った。部屋をノックされたので知らぬふりをしていたら、対の屋のわきの木をつたって屋根の上の観月楼にあがり、そこから階段を下りて、テラスから龍治がいる書斎に入ってきたらしい。

この間、見つけた秘密のルートだと立海が得意気に言っている。

「秘密じゃないだろ、小さな叔父さん。観月楼は元々、あの書斎からあがるようにできてるんだから」

そうか、と立海の声がした。

「横っちょの木のほうが秘密なんだね。むう……、そろそろ下ろして、龍治」

「龍治、下ろしてあげなさいな」

「下ろすと、叔父さんは話を聞かずに逃げるんですよ」

「そりゃ逃げるよ、ねえテルコ」

「俺の母親をテルコと呼ぶのは、どうなんだろう？　他に呼び方があるんじゃないのか」

「龍治こそ、なんでテルコのことをお母さまって呼ばないの？」

龍治が立海を肩から下ろした。疲れた、とつぶやいて、肩を押さえている。

「立海さんは龍治の部屋の音が気にならはったの？」

うーん、と立海が首をかしげた。

「それもあるけどね、ぼく、龍治にテニスを教えてって、言いにきた。昨日、届いた龍治の荷物にラケットがあったから」

壁打ちするだけだと龍治が言った。蔵の壁がちょうど良さそうだという。

嘘だよ、と立海がソファに座った。

「壁打ちじゃないでしょう。ねえテルコ、門の近くの原っぱ、物置だと思ったら、テニスコートだったんだね」

常夏荘の端にあるその空き地は会社があった時代の保養施設の名残でテニスコートが一面あった。しかし、今は庭関係の資材を置いている。

「どうして知ったはるの？」

「大宮と親戚の人たちがさっき片付けてた。それに大宮が新しいネットやボールを電話でどこかに注文してたよ。龍治が使うんでしょ」

立海が龍治を振り返った。

「それならね、ぼくらにテニスを教えてほしいの。龍治はうまいんだろ、テニス。龍治はアホだけど、遊びはすごく上手だって」

「誰が言ったんだ、失礼だな。それにぼくらって誰だ」

ヨウヨだよ、と立海が言うと、龍治が軽く腕を組んだ。

「あの子か……彼女もやってみたいって？」

わかんない、と立海が口ごもった。

「今日は、図書委員のお当番で学校に行ってるから。帰ってきたら聞くよ。ねえ、おーしーえーて。ぼくらもボールで遊びたい」

「龍治、教えてあげなさい。壁打ちやなんてよくもまあ、すぐにばれる嘘を」

「蔵に穴が開かなくてよかったですね」

壁にもたれて龍治が笑う。黒いシャツに波打つ黒髪は海賊か吸血鬼のようだ。

「でも、お忘れかもしれませんが、僕は一応、謹慎処分の身ですから。婚姻生活が営めないほどの精神衰弱および傷の静養のためにここにいるんですからね」

「怪我をしたのは左手でしょう。それに傷は浅いと聞いてますけど。あなたは見せてくれませんけどね」

低い声で龍治が笑った。

「見てどうするんですか」

龍治は二ヶ月前に遠藤地所の受付で外国人に刃物で斬りつけられ、それが理由で謹慎をしている。怪我はたいしたことはなかったが、その場で外国人が首に刃を当てて自殺をはかり、玄関ロビーは血だらけになったという。外国人は龍治の友人で幸いにも一命をとりとめたが、襲撃の理由は語らなかった。龍治自身も交友関係のトラブルという以外は一切の釈明をしない。

やがて、その外国人は半年前に結婚式をあげた妻、千香子の米国留学時代の交際相手という噂がささやかれた。時を同じくして二人が別居していたことがわかると、噂はさらに面白おかしく尾ひれがつき、ますます広がっている。

常夏荘に着いた日、妻の千香子はどうしているかと聞いてみた。龍治は肩をすくめたきり、答えない。

「あのね……龍治のけが、けっこう……傷は大きいのよ、テルコ」

おずおずと立海が言った。

「でもゴルフはできるし、何か……楽器もばりばり弾いてるし。ねえ、龍治、あの弓みたいなの何？」

「叔父さんのお兄さまの楽器だよ」

「それって龍治のお父さまってことじゃん。ねえ、意地悪しないで教えて」

とにかく、と龍治が腰に手を当てた。

「叔父さん。俺の部屋に勝手に入ってくるな」

「俺の部屋って、あれはテルコの秘密基地だろ。ぼくは知ってるよ、テルコはあのお部屋にいるのが大好きなのに、龍治ったら、ぜーんぶ中身を蔵に放りこんで……あそこは、お兄さまの部屋だったの？」

立海がこちらを見た。うなずくとさらに声を上げた。

「そんなら、ぼくだって使いたかったよ。それにお兄さまの楽器って何だ？　なんか糸がブラブラして……。あっ、それよりテニス、テニスだよー。龍治！　論点をはぐらかすなよ」

「叔父さん、論点って意味をわかって使ってるか？」

「わかんないけど、こう使うんでしょ」

「龍治、子どもの言うことにいちいち目くじらを立てない」

「ぼくは子どもじゃないよ、テルコ。立海だよ」

子どもが放つ活力のようなものに疲れてきて、照子は目を閉じる。自分の前では無口な龍治が、立海がいると口数が多くなるのも、この力に引き込まれているからだ。

「立海さん……あなたの大宮はどこにいるの？」

「キッチンにいます」

「彼らには朝から働いてもらったんでね、お礼に千恵のところで飲み食いしてもらってる」

「では立海さん、一つお願いを頼まれてくれはる？」

立海がソファから立ち上がり、うなずいた。

「お帰りになる前に、うちのところに来るように言って」

かしこまりましたぁ、とすぐに立海が駆けていった。

「素直だね。あの祖父様《じいさま》のもとで、よくもまあ、ひねくれもせず」

「龍治、お部屋のことなら、ずっと鍵をかけていればよいでしょう」

「かけたって無駄なんですよ。あの手この手で入ってくる。さっきは窓から来たので、知らぬ顔をしていたら、飛び降りちゃうぞと言い出して……」

その昔、立海がこの家の屋根で似たようなことを言ったのを思い出すと、口元がゆるんだ。

「笑い事じゃないです。おあんさんから、部屋に入ってこないよう、強く言ってくれませんか」

「うちをテルコと呼ぶお人に、何を言うても無駄でしょう」

外国風に軽く肩をすくめ、龍治は部屋を出ていこうとした。

その背に龍治、と呼びかける。立海が言っていた傷のことが気に掛かる。

怪我の具合を聞こうとしたが、「なんですか」と見つめ返されると、思う言葉は口に出せなかった。

立海の伝言を聞くと、大宮がすぐにキッチンから居間に来た。立海は千恵がレモンのはちみつ漬けを作っているところを興味津々で眺めているらしい。

テニスコートを整備していたことについて話を聞くと、龍巳はコートとして使うことを了承しており、草むしりやラインの引き直し、新しいネットなどの費用は東京の本家がもつという。

なぜ、と問うと、峰生出身の気の良い若者は朗らかに笑った。

テニスコートを整備したら、何も言わなくても立海が龍治にせがんで、身体を動かすだろうと龍巳は思っているらしい。しかもそれだけではなく、龍治には滞在中、立海の夏休みの宿題やピアノの稽古を見るようにと、整備に際して交換条件をつけたのだという。

「そんな話は聞いてないけれど……」

「僕はそう聞いています。第一、青井先生がいないと、立坊ちゃん、峰生で遊び放題じゃないですか。まさに一石二鳥。ここにいたら龍治様も危ない奴らに狙われませんし」

誰かに狙われるようなことをしたのだろうか。

そう聞きかけたとき、鶴子が困った顔でやってきた。通用門の前に派手な車に乗った男が現れ、龍治はいるかと聞いているらしい。

「派手な車とは、どのような車?」

「屋根がなくて、真っ赤なんです」

「乗ってきた男というのは?」

「赤いアロハシャツに黒いサングラスで……」

鶴子が身震いをした。

「私を見るなり、黒眼鏡をはずして『ごきげんよう』って言いました。薄気味悪い」

「警察を呼んだほうがいいやろか」

「おあんさん、僕がまず対応します」

大宮が部屋を出たとき、龍治が駆け足で階段を下りてきた。

「龍治、表にならず者が」

「そろそろ来るかと思って、観月楼から眺めていました」

「龍治、待ちなさい!」

聞こえているはずなのに答えず、龍治は対の屋を飛び出していった。

「鶴子、間宮に声をかけて。不審者がいると。大宮、キッチンにいる男の人たちにも通用門に来てもらって」

はい、と鶴子が内線の受話器を上げ、大宮がキッチンに走っていった。

急いで玄関を出て、外に置いてある剪定ばさみを軍手で包み、照子は龍治のあとを追う。何度か足がもつれ、息を切らして門に着くと、赤い車の前で龍治はサングラスの男と笑っていた。

「龍治！」

男がサングラスをとり、姿勢を正すと丁寧に頭を下げた。鶴子が言った通り、赤地に白のパイナップルが染め抜かれた派手な開衿シャツを着た若者だ。

龍治が顔を軽くくもらせ、剪定ばさみに目を向けた。

「何を持っているんですか？」

呼吸をなだめながら、どなたかとたずねると、友だちだと龍治が答えた。

礼儀正しく、青年が名を名乗り、龍治の四学年下の後輩だと言い添えた。

「それなら……どうぞ、なかへ……」

冷たいものでも飲むかい、と龍治が言ったあと、首を横に振った。

「いや、いいよな？　それよりもっと乗りたいよね」

もちろん、と、青年がうなずき、車のキーを龍治に向かって放り投げた。夏の日差しを照り返し、若者たちの間で赤い車が燃えるような輝きを放っている。

悪かったね、と気さくな口調で言いながら、龍治がドアを開けた。

「こんなへんぴなところまで」

「いえ、僕のほうこそお礼を言いたいです。楽しいドライブでした。龍さん、この車って、まだ日本に入ってないんですか」

「そんなに入ってないと思うよ。個人輸入に近いから」

「幌はどうしますか？」

「しばらく上げたままでいよう。暑いだろうけど」

龍治、と声をかけると、語尾が震えた。しかし息を整え、精一杯、威厳を保って、照子は龍治の前に進み出る。

「どういうこと。これは何？」

「車です」

「それはわかるけど……」

うっとりとした表情で龍治が車の塗装を撫《な》でた。

「常夏荘で謹慎ってラッキーだった。こんなの東京で受け取ってたら、祖父様《じいさま》に撃ち殺されるところだった」

肩をゆすって、龍治が笑っている。

「どちらの車なの？」

「イタリアです」

「そうではなくて、どなたの車なの？」

「僕のですよ。海外から取り寄せて、日本で走れるように仕様を変更してもらったんです」

「どうしてそんな車を」

「どうしてと言われても……。どうして庭仕事が好きなんですかって聞かれて即答できますか、おあんさん」

「どこでそんなお金を。あなた、そのトラブルでひょっとして刺されそうに……」

「僕らって会話が全然嚙み合いませんね」

龍治が車に乗り込み、ドアを閉めた。

「ここでこれを乗り回すつもり？」

「そうですよ、歩くの嫌いですから」

使用人が使う、勝手口の門から間宮が静かに出てきた。腰には大きな鉈を下げている。続いて足音がして、大宮と、テニスコートを整備していた男たちが現れた。

大丈夫だと伝え、騒がせたことを皆に詫びると、間宮は去っていき、大宮が目を見張った。

「うわ、オープンカー。左ハンドルのオープンカーってしびれますね」

「祖父様には言うなよ。すぐにばれるが、今日、明日には頼むから言ってくれるな」

大宮が笑ってうなずくと、今度は小さな足音がした。振り返ると門の下に立海がいた。どこで見つけてきたのか、のこぎりを持って、真剣な顔で立っている。しかし、すぐに場の様子を察し、恥ずかしそうに門の隅にのこぎりを置くと、車に駆け寄ってきた。

「わあお！　何これ、龍治」

「車だ」

龍治がシャツのポケットからサングラスを出してかけた。

「それはわかるよ、なんていうの？」

「ベルトーネ・リトモ・カブリオ」

「リトモ。リトモ、ベルトーネ？　カッコいい名前」

エンジンをかけながら龍治が立海に何かを言った。離れているようにと言われたのか、立海が車から離れて、照子の隣に並ぶ。

「カッコいい！　龍治ぃ！」

助手席に座った青年が、立海を見ながら龍治と話をしている。そして晴れやかに笑うと、立海に軽く手を上げた。

「チャオ！　龍さんの可愛い叔父さま」

「チャオチャオ～」

「何がチャオですか」

手慣れた様子で龍治が車を出す。坂の中腹にさしかかると、スピードを上げ、車を蛇行させせながら下り始めた。

坂のふもとにセーラー服姿の耀子が現れた。走ってくる車を見て、あわてて道の端に寄っている。その前を赤い車は一瞬で通り過ぎていった。

ヨウヨ、と立海が耀子に手を振った。何度も車の方向を振り返りながら、耀子が坂を上ってくると、大人たちに一礼し、立海を見た。

「リュウカ君……あれ、何？」

「リトモっていうんだって。ベルトーネ・リトモって名前の車」

「ベルトーネ……女の子の名前みたい」

そう？　と立海が首をかしげた後、こちらを見上げた。

「テルコ、あれは女の子？」

「存じません」

腹立たしい思いで門のなかに入った。振り返ると、車の余韻を味わうかのように、二人の子どもは坂の下を眺めていた。


その日から龍治が出す深夜の騒音は消えた。その代わり連日、夜になると龍治は家を出て、朝まで帰らない。どこに行っているのかと聞くと、ドライブだと答える。こんなに続けて夜通し、どこに出かけているのかと聞くと、気の向くままに走っているだけだと言った。しかし何をしているのかは、三日めの夜、奥峰生から帰ってきた間宮が対の屋を訪れたことでわかった。

昨晩、龍治の車が山道を猛スピードで走っているのを見たという。そして今夜も行き先を言わずに出ていったことを聞いて、心配そうな顔をした。

龍治の車はどこに向かっていたのかと聞くと、特に目的地がある様子はなく、峠の急な山道を何度も往復していたという。

「運転を楽しんでおられるようにも見えるのですが……なにぶんにもスピードが速すぎる」

「そんなに乱暴な運転を？」

乱暴というか……と間宮はため息をついた。

「なんと言うたらいいか……」

龍治を見かけたのは奥峰生の先、遠藤林業の山の私道だと間宮が続ける。

「まったくの山道。天竜川の源、長野の諏訪湖のほうへ向かう道です。遠藤家のお山は簡易舗装されている道が多いんですが、あのあたりは突然、砂利道になるところもありますし、街灯もガードレールもまるでない」

人はいない場所だと、淡々とした口調で間宮が言った。

「誰も住んどらん。わしらぐらいしか歩いとらんです。ただ、人はいなくても獣がおる。鹿やイノシシが突然、飛び出してくることもあるし、崖《がけ》や落石もある。何かあっても、すぐには見つけられんです。正直、遊びで走るのはすすめられん」

実直な男に遊びと言われると、息子のだらしなさをとがめられているようだ。軽くうなだれると、間宮もうつむく気配がした。

「けんど……あれは、遊びじゃない気がする」

間宮がしばらく黙った。

それからぽつりぽつりと、山の奥にある、自分たちが休息や寝泊まりをする小屋から龍治を見たと話し始めた。

「夜中に車の排気音が何度も何度も吹き上がって、こだまして。あのあたり、そんな音はめったにないことなんで、双眼鏡で確認しましたら、龍坊《りゅうぼっ》ちゃんの車でした。暗がりのなかをすごい速さで山道を駆け抜けて、崖の直前でブレーキを踏んで」

「まあ、危ない。何を考えているのかしら」

「度胸試し、運試しみたいなもんやろか。でも何度か危なかった。そのたびに坊ちゃんは車から降りて、崖までの距離をご覧になっていた。一瞬、ライトに照らされて顔が見えた気がした。あれは……」

間宮が口元に手を当てた。何かを考えているようにも見えるし、不吉なことを言うのをためらっているようにも見える。

わからん、と間宮がつぶやいた。

「楽しんでるようには見えん。ただ……せがれが昔、一人で峰生に来たんですが、そんとき、あんな顔をしとった気がする。穏やかで……。とにかく崖に落ちることを怖がっていない。それだけは確かです」

「落ちても構わない。そう思っていると？」

「むしろ、わしにはそれを願っているように……」

自分の思いを打ち消すように、間宮が軽く首を横に振る。

「いや、縁起の悪いことはあまり口にしたらいかん」

奥峰生に連絡をして、崖の付近を見はらせようかと間宮がたずねた。

「今夜はあの小屋に人がいます。電話はないですが、無線がありますんで、車の音を聞いたら、崖で何が起こっとるか気にかけておくようには言える」

「龍治は毎晩、そこに行っているのですか」

それが、そうでもない、と間宮が考えこんだ。

「龍坊ちゃんはこのあたりの地形をよくご存じや。図面も実地の状況も全部頭に入っておられる。帰国してからも、奥峰生の事務所には何度も顔を出していらしたし」

「奥峰生に来ていた？　そんな話は聞いていませんよ」

奥峰生の遠藤林業に何度も足を運んでいながら、その手前の峰生にいる母親にはどうして会わずに帰っていったのか。

距離を置いた親子関係ではあるが、人の口からそれを知らされると寂しく、みじめだ。

日帰りだったのだと間宮が気まずそうに言った。

「とてもお忙しそうで……。そんときの用件の一つに、私道の危ないところにガードレールやあかりを設置しようってのがあったんで、龍坊ちゃんはこのあたりの危険な箇所や人目に付きにくいところはほとんど把握しておられる。実際、他の者が見たときは別のところで、そこは底なしと言われる淵の近くでした」

「もう……何を考えて……」

どうしたら、いいのやろう、と照子はつぶやく。

間宮が膝の上で軽くこぶしを握るのが見えた。

「おあんさん、差し出がましいことを言うのをお許しいただけるやろか」

話を聞いてみてはどうかと間宮が小声で言う。

「わしは今も夢に見る。なんで、あのとき……裕一が峰生に一人でふらっと来たとき、話を聞いてやらんかったのかと。黙ってたから、なんも聞かんかった。なんも話さんやろで、聞かんほうがいいかと思った。でも死んでから思った。あのとき裕一は、何があったのかと聞かれたかったのかもしれん。聞いたら答えたかもしれん。答えを聞いたら、わしは何を擲《なげう》っても、せがれを死なせるようなことはしなかった。今もずっとそれの繰り返しです。でも……」

龍坊《りゅうぼっ》ちゃんは生きてる、と間宮が顔を上げた。

「何があったのか、わしにはわかりませんが、おあんさんのところにいらしたのは、何かのお引き合わせ。車のあの様子をわしらが見たのは、ひょっとしたら裕一の引き合わせかもしれん」

「裕一さんの……」

立海に大宮がいるように、かつて間宮裕一は龍治と共にいて、家庭教師も兼ねていた。夫の龍一郎がこの常夏荘で静養し、自分がそのそばで看病をしていたとき、東京の龍巳のもとに預けていた小学生の龍治を連れ、峰生との間を往復してくれたのは当時二十代だった間宮裕一だ。

「昨日、せがれの墓に行ったら花が飾ってあった。きれいな花です。龍坊ちゃんが供えてくださったようだ」

「耀子ちゃんかもしれないわ」

「線香立てに煙草が置いてあった。龍坊ちゃんと一緒にいた頃、あれがよく吸っていた煙草です。ちゃんと覚えていてくださって」

廊下から立海の鼻歌が聞こえてきて、間宮がわずかに顔をほころばせた。

「立坊ちゃんと大宮君を見ていると、龍坊ちゃんと裕一を思い出す。年回りがちょうどおんなじで。年ですかな」

間宮が目頭を押さえた。

「涙もろくて、いやになる……」

差し出がましいことを言ったと間宮が詫びて、立ち上がった。静かに一礼するその姿には、長年、広大な森を守り育ててきた男の矜持《きょうじ》と風格がある。

龍治の行動を教えてくれたことに礼を言うと、間宮が下を向いた。

「しゃべりが過ぎたような気がして、お恥ずかしい。ただ龍坊ちゃんのことは、山の皆が心配しとるのです」

懸念を受け止め、照子はうなずく。安心した顔になり、間宮は去っていった。

遠藤家の山のことは神様の次に知っていると言われているせいだろうか。老いて渋みを増したその姿は、峰生の山々の意思を伝える者のように思えた。


間宮が長屋へ戻っていってしばらくして、米国から電話が来た。

龍治の妻、千香子からで、龍治は留守だと伝えると、安心したような口調で話し始めた。米国にいるのは、今度新しく開くブティックの品物の買い付けで、状態の良い古着を求めて米国中を車でまわっているのだという。まだしばらく滞在するが、帰国したら龍治と話し合いたいと言っていた。

どちらの方向で、とたずねると、「やだ、お母様」と馴れ馴れしい返事が戻ってきた。そして「良い方向に向けてに決まってるじゃないですか」と言った。

そのままソファに座り続けて、照子は龍治の帰りを待つ。起きているつもりが少し眠ってしまった。目を覚ますと、時計は午前五時をまわり、朝日が昇っていた。

胸騒ぎがして、対の屋を出る。

もし六時を過ぎても龍治が帰ってこなかったら、間宮に頼んで崖や淵の様子を見てもらおう。そう考えながら通用門に向かう。

門前に立つと、山も集落も朝日に包まれていた。

朱の色に染まった景色のなか、もし龍治が間宮の言うように自殺の衝動を持っているのなら、何が理由なのかと近年を振り返った。

大学を卒業したあと、龍治は英国へ留学したが、留学期間が終わっても一向に帰ってこなかった。そのうちさらに語学力を磨きたいといってフランスの学校に移ったが、下宿先に電話をしてもめったに出ない。たまに連絡がくると欧州やアジアの小島にいて、祖父の龍巳に言えない金の工面を頼んでくる。やがてフランスの学校を出ると、欧州のマーケットリサーチやトレンド観測、各種のコーディネートをすると言い、龍巳に潤沢な仕送りをさせて海外に居続けた。

本来ならそんな言葉に惑わされる龍巳ではないのだが、龍治は祖父が仕事で海外に出ると現地で合流し、かなり巧みに世話を焼いたのだという。体格が良いので外国人に見劣りせず、しかも流暢に複数の言語をあやつる孫を見て、龍巳はたいそう心動かされたらしい。

しかし母親の自分としては、息子がずっと海外に居続けるのは寂しい。遠回しに本人に何度か言ってみたのだが、何を今さらと龍治はそのたびに笑っていた。

その矢先に、龍巳が軽い心臓発作で倒れた。それを機に、龍巳は仕送りを止めて龍治を手元に呼び寄せ、遠藤家の中核をなす遠藤地所という会社に入れたものの、本人はまったく仕事にやる気を見せない。

齢七十を過ぎ、健康に不安を感じだした龍巳は、孫の龍治のこの様子を見て、家庭を持てば責任感が生まれるに違いないと熱心に結婚を勧めだした。

　そんな理由で龍治がこれまでの生活を改めるとは思えず、その旨を龍巳に伝えたのだが、意外なことにあっさりと龍治は祖父が薦める相手と結婚を決めた。

　相手の千香子は政治家とも太いつながりがある実業家の娘で、龍治と同じく海外生活が長い二十六歳だった。初めて会ったときは清楚な装いをしており、マリンスポーツと音楽鑑賞が趣味だと控えめに語る様子にたいそう好感を持った。

　ところが婚約成立後に再び会ったときには、青いアイシャドウにぎらぎら光るパールピンクの口紅を付け、趣味はサーフィンで、アメリカン・ロックが好きだと語っていた。嘘は言っていないが当初の印象とずいぶん違う。

　しかし印象が違うというのは龍治も同様で、結婚式が終わった途端に髪を伸ばし始め、服装も洒落ているのか、だらしないのか判別がつかないものを着るようになった。

　恋におちて結婚するのではなく、条件が合ったから結婚をするというのは、昔なら珍しいことではない。しかしここまで互いに冷めた関係を見ていると、息子だけではなく千香子の考えていることもよくわからない。しかも千香子に言わせると、結婚の枠にとらわれない今の『クールな関係』は決して『きらいじゃない』らしい。

　車の音が響いてきた。坂の方角を見ると、朝日のなかを赤いオープンカーが猛スピードで駆け上がってくる。

道に出て、近づいてくる様子を見ていると、サングラスをかけた龍治が門前で車を停めた。

エンジン音が腹に響いてくる。

なんですか、と龍治が声を上げた。

「なんで、こんなところに立ってるんですか」

「帰りを待っていました。千香子さんから電話が……」

龍治がサングラスを取り、シャツの胸ポケットに入れた。

「そんなことを言うために、ここに立っていたんですか」

「他にも聞きたいことがある」

「なんでしょう？　長い話なら、車を置いてきていいですか」

「そうしたらあなた、車を停めるふりしてどこかに出かけてしまうでしょう」

龍治が小さく笑った。

「いつもそう。何かを話そうとすると、どこかに逃げていく」

龍治が車のエンジンを切った。

話を聞こうかと言いたげな強いまなざしを向けられ、我が子ながら気持ちがひるんだ。

「龍治、何があったの。どうして夜中に……車で走り回るの。危ないでしょう」

「危なくないですよ。これはスピード重視じゃない、ゆったりとドライブを楽しむタイプの車ですからね。エンジョイしてるんですよ、森の生活を」

この子は嘘をついている。

オープンカーのフロントガラスを見て、照子は考える。

ゆっくり走っていて、こんなに大量の虫の死骸が窓に張り付くだろうか。間宮の話を聞いていなかったとしても、ガラスにこれほどの虫が張り付くのは尋常な運転ではないとわかる。

千香子が何か言っていたかと、気のすすまぬ様子で龍治が聞いた。

「千香子さん？　古着のブティックを出すから、いい状態の古着をアメリカじゅう探しまわっているとか。どうして新品ではなく、古着などを扱うのやろう……」

「商品が集まったら、今後の話をしたいなんて言ってましたか」

そうした意味のことを言っていたと伝えると、龍治は笑った。

「自分のことが一番大事なんですよね。この間は旧来の結婚の形にはとらわれないが、子どもだけは欲しいって言ってましたよ」

龍治がポケットから煙草を出して、火を点けた。

「あちらの親も同じようなことを言っていた。つまり珍しい子種が欲しいってことなんですね」

コダネ、と聞き返したら、血ですよ、と龍治が煙草をふかした。

「母方の血、つまり先方はあなたの血脈が欲しいんです」

「何を言っているの」

吐いた煙草の煙を、龍治が目で追っている。

「別に驚かなくてもいいでしょう。まったく同じ理由の結婚が二十数年前にこの家でもあったんですから」

ご期待に応えてあげたいが、と龍治がかすかに唇の端をゆがめた。

「臭くて無理だ。煙草を吸うから」

「あなたも吸ってるでしょう」

「そうですけどね。辛《つら》いんです、煙草臭い女の唇。口だけじゃない、どこもかしこも臭う。自分じゃわからないから、いい女を気取って吸うんでしょうけど」

「最初から、わかっていたはずでしょう。煙草をやめればよいの？」

それだけじゃない、とつぶやき、龍治が煙草を吸う。

龍治、と声をかけると、息子が物憂げにこちらを見た。

「簡単に投げ出さないで。まだ一年もたっていない。悪いところは直すって千香子さんも言っていた」

「直さなくていい、好きにやれば。僕も彼女に誠実かと言われれば、全然誠実ではない。でも、そんなことはどうでもいいんです」

龍治がハンドルに手をかけ、山の方角を見た。まくった紺色のシャツの袖から、赤黒い傷の縫いあとが見えている。

思った以上に大きな傷跡に、思わず照子は手を伸ばす。そっとその傷をさすると、龍治が腕をひいた。

龍治の投げやりな態度は、千香子の件だけではなく、外国人との一件も絡んでいるのだろうか。自分の首を斬りつける直前、男は涙ながらに龍治に何かを言ったらしい。

龍治、と心をこめて名前を呼んだ。

「何があったの。本当のことを教えて」

「本当のことを言ったら」

龍治が車のエンジンをかけた。

「救ってくれますか？」

「救う？　救うって……」

冗談ですよ、と龍治が笑った。

「そんなに真面目に考えないで。峰生の人たちは真面目すぎる」

もう行きますよ、と龍治がサングラスをかけた。

「近いうちに東京から荷物が届きますから、ガレージに入れます。そうしたら、これからはあそこで寝泊まりしますよ」

「いけません」

なぜかガレージで息絶えている龍治の姿が浮かび、思わず叫んだ。

「あの書斎、病室と言うんでしょうかね。きちんと原状回復しておきますよ。また好きなだけ、あなたはあそこに閉じこもっていればいい。現実を一切見ずに」

「そんな言い方をしないで」

すがるような声が出て、そんな自分が情けない。姿勢を正し、強い口調で照子は言い渡す。

「ガレージで暮らすのは許しませんよ」

龍治、と言った声は排気音にかき消され、車は走っていった。

再び息子の名を呼ぶ。涙がわずかににじんできた。

※

赤い車が去っていく姿を思い出すと、再び涙が出てきた。

四年前のことなのに、記憶は今も生々しい。

間宮が裕一のことを何度も夢に見たように、自分も思い出しては悔いている。

あのとき、「救ってくれるか」と聞いた龍治に、どうして即答しなかったのだろう。

なりふり構わず救ってやると――。

誰も本当のことを話さない。救えないことを知っているからだ。

言ったところで助ける力がないことを知っているから、何も言わない。どれほど辛くても、助けてほしいと。

内線の受話器を上げ、鶴子に連絡をする。

あの子に一体何があったのか。何かがあったとして、それを救える力が自分たちにあるのか？

耀子の手紙と小さなポーチに、照子は手を伸ばす。

大切なものを詰めたポーチを置いていったのは、偶然なのか意図的なのか。

あの子が言えなかった思いが、このなかに詰まっている。

第三章

母が住む町へ行くには新幹線の新横浜駅で降りて、在来線に乗り換えればいいと聞いた。

新幹線の表示を見上げてから、耀子は東海道線のホームへと階段を上がる。東海道線でも行けるのなら、時間がかかっても少しでも運賃を節約したい。

三十分前に母の家に電話をかけた。しかし誰も出ない。三日前に連絡したときは、とてもやさしい声で住所を教え、連絡をくれたら駅まで迎えに行くと言っていたのに、その連絡がなかなかつかない。

自分が行けないときはエステサロンのスタッフが迎えに行くと言っていた。仕事が忙しいのだろうか。

網棚に荷物を置いて座席に座ると、電車はゆっくりと浜松駅から出発した。

一人きりで遠くへ行くのは初めてだ。

何かあったら遠慮無く相談するようにと常夏荘の人たちは言ってくれた。しかし一番不安で難しい、金に関する相談を誰にしたらいいのかわからない。

聞けば『おあんさん』こと照子が力になってくれただろう。

しかしそれは結局、遠藤家に援助を頼むということだ。できることなら、人の援助を受けずに自分の将来を決めたい。

バッグから祖父がつけてきた家計簿と通帳を出し、耀子は数字を見つめる。

半年前に祖父が倒れたとき、自分の家の経済状況をはっきりと知った。

祖父は三年前、自分が高校進学を控えていた冬に心臓を悪くして長屋で倒れ、二ヶ月ほど入院していた。退院後は一人でも大丈夫だと言っていたし、同じ長屋に住む鶴子も心配しないでいいと言ってくれたが、高校は下宿が必要な進学校ではなく、常夏荘から通える学校にした。

祖父はそれを悔いており、大学は好きなところに行かせてやりたいと言っていた。そのせいだろうか、身体が動くようになるとすぐに山の仕事に復帰して、それ以外にも炭を焼いたり、山菜の加工場などの仕事に出かけたりしていた。

亡くなったあとで人から聞いた話だと、学費にくわえて生活費まで四年間まかなえるか自信がないが、せめて成人するまでは学業に専念できるようにしてやりたいと言っていたという。

残された貯金通帳を見ると、祖父のその思いが強く伝わってくる。ことあるごとに小さな額を祖父は口座に積み立てており、それはきっと煙草や昼食を節約したり、臨時収入を得たりしたときの金に違いなかった。

ところがそうして貯めた金が、昨年の夏に百五十万円引き出されていた。貸した相手は母で、借用証書がある。

半年前に再び祖父が倒れたとき、その借金について入院先で話をしてくれた。

祖父はまず、部屋の押し入れにある茶箱に、通帳と家計簿があることを告げた。郵便局に積み立てた金は大学の進学資金で、信用金庫の通帳は生活費だという。

そしていくつかの申し伝えの最後に、母に百五十万円の金を貸していると打ち明け、もし自分に何かあったときに回収できないようであれば、担保にしたダイヤモンドの指輪と金の腕輪を売るようにと言った。母の連絡先は茶箱のなかにあるという。

どうして母に金を貸したのかと聞いたら、祖父は答えなかった。そして暗くなると危ないから、陽のあるうちに早く帰れと怒ったように言った。

それから容態が急変して祖父は話すことが困難になり、どうしてあの母に金を貸したのか、わからないままだ。

通帳と家計簿をバッグに入れると、電車は天竜川駅に停まった。

ソバージュヘアに青みがかったピンクの口紅を塗った女が乗り込んできて、向かいに座った。

その昏に、昨年の春、母と会ったときのことを思い出した。

高校二年に進級したばかりの土曜日、授業が終わって校門を出ると、きれいな身なりの女が目に入ってきた。肩を強調したチョコレート色のワンピースに長い金鎖のベルトを巻き、ベージュのハイヒールを履いている。小さな顔のまわりにはソバージュの茶髪が揺れ、唇には青みがかったピンクの口紅がぽってりと塗られていた。女の隣には紺とグレーのストライプのスーツを着た中年の男が立っていた。上着のボタンが横二つ、縦三つで六個もあり、黒いアタッシェケースを提げている。

都会の男女という感じがして、そのまま歩いていくと、女に名前を呼ばれた。振り返るとピンクの唇が名前を呼んでいる。そして、お母さんだよ、と言った。とっさのことですぐにわからず、二人を見つめた。言われてみれば母のような気もするが、年齢を考えるとずいぶん若く見える。

「何年も会ってないし、すぐにはわかんないか。でも何も聞いてないの？　おじいちゃんから」

目を合わせたら不安になってきて、ピンク色の母の唇に視線を移す。その唇は寂しげな微笑みに形を変えていった。

「そんな顔で見ないでよ。許してくれないって、わかってるけどさ……。でもどうしてるかなって、それだけはいつも思ってたんだよ、ほんと。なんか言ってよ」

あ、そうそう、と母が笑い、隣の男を軽く押し出した。

「この人、今の人」

母の言葉に男が軽く笑った。

あんたには弟がいるんだよ、と母が愉快そうに言う。

「それも二人。ね、会いたくない？」

男が頭から足もとまで視線を這わせ、「出るところは出てるね」と母にささやいた。その言い方が気持ち悪くて、話を聞いてほしいと言う母を振り切り、校舎に駆け戻って、図書室で時間をつぶした。それから裏門を抜けてバス停に向かい、常夏荘へ戻った。

その翌日は日曜で、もう会うことはないと思った。ところが昼前に鶴子から内線を受けるなり、祖父がけわしい顔で鉈を腰に差して長屋を出ていく。

祖父が鉈を持ち出すのは、常夏荘に不審者が現れたときだ。胸騒ぎがして後を追うと、猛烈な勢いで車が目の前を通り過ぎていく。窓からちらりと母の横顔が見えた。

あの人たちは何をしにきたのかと聞くと、「子どもは知らんでいい」と祖父が言った。

「何か言ってきたの？　昨日、学校にも来てたけど」

学校に？　と祖父がうなるような声を上げた。

「おじいちゃんから何も聞いていないのかって言ってた。何か言ってきたの」

「お前はあいつらと暮らしたいか？」

「どういう意味？」

祖父が長屋へ歩き出した。

「おおかた、お前が働ける年になったからチョロチョロやってきたんやろう」

振り返った。

「お母さんは何をしにきたの？」

お母さん？　と祖父がつぶやき、

「何？　おじいちゃん」

何も言わずに前を向き、祖父がまた歩き出した。

「あれらは行商にきたんだ。おあんさんに宝石やら化粧品やら売りつけたいらしい。田舎では絶対手に入らん品だと鼻高々に言うとったが、なんもわかっとらん衆だ」

二人が見当違いのことを言っているのはわかった。山深い場所にあるが、常夏荘には季節の変わり目に東京の大きな店の人々がいろいろな品を持ってくる。江戸時代から付き合いがあるというその店は世界中から品物を集めており、その気になれば、この家の人々は都会の人間が行列して買う品物もたやすく手に入れられる。

用事はそれだけ？　と聞いたら「それだけだ」と祖父が言った。

それ以来、母は現れなかった。しかしその年のクリスマスに口紅を送ってきた。母が塗っていたのと同じ、青みがかったピンク色は、娘のために選んだというより、愛用品の買い置きを一本よこしたという感じだ。

ポケットからリップクリームを出し、耀子は唇に塗る。

きれいだけど愛情が感じられない。母を前にすると、怒りよりも先に不安で身体がこわばる。

だけど今となっては、あの人しか頼りにできない。

窓にもたれて耀子は目を閉じる。

三日前に母に電話をして祖父が亡くなったことと、借金がすぐに返せないなら、担保の指輪と腕輪を換金したいことを言うと、母は驚いていた。そして金やダイヤを換金するのは未成年では無理だし、きっと買い叩かれると言った。急ぎで金が必要なら、相談にのると言う。

その相談相手は、あのストライプのスーツを着た男なのだろう。出るところは出てるねと言った言葉の意味を思い出すと、怒りがわく。

しかし、遠藤家の援助なしに生きていくには、こうするしか、ないのだ。

バッグに手を入れて、ダイヤの指輪の小箱を握った。

借金には担保がいる。たとえ身内であっても。そして〝援助〟とは言い換えれば借金だ。それが無利息であったり無償に近かったりする援助であっても、何かしら担保が発生する――。

電車は鉄橋を渡り出し、振動が伝わってきた。天竜川が見たくて目を開けたが、濃い闇が広がるばかりだ。

この闇のはるか先、上流には峰生が、そしてここから少し先、下流には太平洋が広がっている。

昔、天竜川の果てを見に行ったことがある。

鉄橋の響きを聞きながら、耀子はその記憶をなぞる。

あの夏に見たものは世界の広さと〝夢〟だった——。

※

——峰生中学の二年生にはこの夏休み、自分が将来つきたい仕事について調べてくるという課題が出ていた。

夢か……と考えながら、耀子はバスケットとガラスのピッチャーを持ち、常夏荘の庭にある井戸に向かう。

夏の昼下がり、太陽はまぶしいほどに明るく、木々の緑が目にしみるようだ。青空にはぽっかりと白い雲が浮かび、蟬の声が聞こえてくる。

抱えてきたピッチャーを、耀子は井戸のそばに置く。透明な器のなかには縦切りにしたキュウリと砕いた氷が入っていた。

エプロンのポケットから摘んだばかりのローズマリーを出し、手のひらにのせて数回叩く。ハーブは使う前に少し叩いたり揉んだりすると、香りが立つ。庭仕事の手伝いをしたとき、照子が教えてくれた。

氷のなかに叩いたローズマリーを沈めたあと、耀子は井戸のポンプを押す。くみたての水をピッチャーに満たしてガレージに向かうと、大きな音で洋楽が響いてきた。

照子の息子、龍治は対の屋の二階を出て、昔、運転手の佐々木が常駐していたガレージで寝起きをしている。数日前に東京から真っ赤なオープンカーが運ばれ、そのガレージに置かれたのだが、続けて今度はトラックが来て、大きなテレビやベッドなどの家具が運び込まれていた。

それ以来、午後にガレージの近くに行くと、大音量で英語の歌が鳴り響くようになった。夕方になると一転して、今度はひそやかな音色が聞こえてくる。まるでオルゴールのような響きで、流れてくるのは「埴生の宿」や「パッヘルベルのカノン」といった美しい曲ばかりだ。

夏の夕暮れとその音色はたいそう似合い、芝生に水をまいていると、いつも聴き入ってしまう。レコードかと思ったが、それらの曲はしばしば途中で止まり、そのあとメロディにならない途切れ途切れの音が聞こえてくる。日が暮れると、龍治は何かの楽器を触っているようだ。

ピッチャーを片手に持ち、耀子はガレージの扉を開ける。耳に刺さるような男の歌声のなか、真っ赤なオープンカーが目に飛び込んできた。

車の向こうにはトイレやキッチン、シャワールームがあり、その上には手すりのついた中二階が広がっている。佐々木は昔、そこに車の予備のタイヤや工具のほかにソファやテーブル、テレビなどを持ち込んで、事務所のようにして使っていた。見上げると、龍治も佐々木と同じようにして中二階を使っている。

そこへ上がる鉄階段の前に来て、耀子はためらう。千恵に頼まれ、軽食を届けに来たのだが、こんな凶暴な音楽を聴く人の前に行くのが怖い。下から声をかけて、どこかに置いておこうかと思ったとき、「ヨウヨ」と澄んだ声がした。

顔を上げると、中二階の柵の間から立海が顔をのぞかせている。

「どうしたの、早く上がっておいでよ」

「あれ？　リュウカ君、ピアノの練習は？　この時間は母屋で練習でしょ」

照れくさそうに立海が笑った。

「おさぼ、だよ。一人でやってもつまんないもん。龍治にピアノ教えてって言いにきたの」

おさぼ、とは〝サボる〟という意味なのだろう。変わった言葉だと笑うと、「上がっておいで」と低い声がした。

祖父とも学校の先生とも違う、大人の男の声だった。

中二階に着くと、部屋の中央に置かれた大きなソファとガラスのテーブルが目に入ってきた。

部屋の奥には書き物机があり、コンピュータに向かって、龍治がキーボードから文字を打ち込んでいる。

佐々木が工具を置いていた棚にはたくさんのレコードやビデオ、本が積まれていた。部屋の四隅には巨大なスピーカーがあり、床に置かれた大画面のテレビには外国人ミュージシャンが歌いながら踊っている映像が流れていた。

立海がバスケットを受け取り、何が入っているのかと聞いた。ツナと卵のホットサンドウィッチと果物だと伝えると、歓声を上げてテーブルに並べ始めた。

「叔父さんのじゃないぞ」

背を向けたまま龍治が言う。

「いいじゃん、一口ちょうだい」

「食べてもいいが、終わったら彼女と一緒に帰ってくれないか。彼女、鶴子はどうした？」

彼女、という呼ばれ方に戸惑いながら、ローズマリー入りのピッチャーを耀子はテーブルに置く。

「おあんさんとお出かけです。千恵さんは今、お料理の手が離せなくて」

「それで君が駆り出されたのか」

「駆り出されたってわけじゃ……。たまたまキッチンにいたから」

龍治が腕時計を見た。

「休憩中だろう？　すまなかったね。叔父さん、食べたら遊んでおいで」

「言われなくても遊ぶよ。ピアノが終わったら、ヨウヨのお家に行くつもりだったんだもん。ウェルカム！　ねえ、ところで、このお水は何？」

「ハーブ……ウォーター？　龍治様のリクエストで」

「ねえ龍治、どうしてキュウリと葉っぱが入ってるんだ？」

身体の熱を冷ます、と龍治が答えた。

「へえ、飲んでもいい？　あれ？　ヨウヨは今日、三つ編みしてんだね。三つ編み……。何かないの、後ろ？」

「後ろって？」

毛先に軽く触れて聞き返すと、立海が龍治のシャツの袖を引っ張った。

「ねえ、何かないの？　龍治はきれいな布をいっぱい持ってるじゃない」

コンピュータの画面を見ながら「リボンはない」と龍治が答えた。

「リボンじゃなくて四角いやつ。たまに首に巻いている小さな布だよ。ぼく、ここにあるのを見たよ」

立海がスチールのタンスの引き出しに手をかけると、龍治が立ち上がった。

「勝手に引き出しを開けるな」

「なんだよ、変なものでも隠してあるの？」

「どこでそんな言いぐさ覚えてきたんだ」

龍治が立海の頬をつねった。

「いたい、いたい、がっほう、がっほうらよ」

「俺の母校もガラが悪くなったものだね」

「龍治に言われたくないと思うの」

根負けしたように龍治がクローゼットの戸を開けた。

「俺はガラは悪くない」

「こんな柄の服着るのに？　おお、すごい。ヨウヨ、おいでよ、光ってる。ねえ、龍治。この柄シャツ飽きたらぼくにちょうだい」

「パジャマにでもするのか？」

「鶴子に縫ってもらって靴袋にする」

絶対渡さん、と龍治が言った。

むきになっている口調がおかしくて笑うと、龍治が振り返った。困った顔をしている。

「彼女、なんとかしてくれないか」

「リュウカ君、井戸で金柑ジュース作らない？」

うん、と立海がうなずいた。

「でも今日は龍治のお宅訪問をしようよ。どうぞ、ヨウヨ」

立海がソファに座ってクッションを並べなおすと､自分の隣を手ではらいだした。

「このソファはね、夜はベッドになるんだって。すごいよね。でも龍治の寝床に座るのって、少しイヤでしょう？　はい、どうぞ。ぼくがきれいにしたからね」

「叔父さん、頼む。帰ってくれ」

龍治が腕組みをすると、「イヤです」と立海が見上げた。

「もう大人しくするよ。ねえ、ヨウヨ、そこの雑誌取ってくれますか？　『ポパイ』ってやつ」

「叔父さんには早い」

「じゃあ、隣の車の雑誌」

立海が指差した棚には、海外や日本の雑誌が種類別に積んであった。言われたとおりに持っていくと、立海が笑った。

「ヨウヨ、座らないの？」

「私、もう帰る」

「帰っちゃうの。雑誌見ようよ、女の子の雑誌もあるよ」

龍治が疲れた様子でグラスの水を飲んだ。

「彼女……君、もういいから、そこに座って。叔父さん、君がいると静かにしてくれそうだから。何読む？　『エル』か『マリ・クレール』か……これがいいか」

龍治が雑誌を数冊運んできて、テーブルに置いた。

『オリーブ』と書かれている。

ページをめくると、おそらく自分とそう変わらない年の女の子が赤いカーディガンに黒い帽子をかぶってポーズを取っている。ページをめくっていくと、次々と可愛い服や小物、外国の映画や本の話が出てきた。

　学校の図書室では見かけない読み物だ。モデルはほとんどが外国人で個性的な顔をしている。たまに出てくる読者たちは東京の学校に通っていて、みんな大人びて見えた。

　二冊目の『オリーブ』を読み出したとき、読者が数人、将来の夢を語っていた。

　夢……。

　あらためて夏休みの課題を考える。

　これまで懸命に勉強をしてきた。学校の授業がわかると、教室で顔を上げていられる。他の子が持っているものを持っていなくても、うつむかずにすむ。

　だけど考えてみると、そればかりに気を取られていて、将来の夢を聞かれても何も浮かばない。好きな学科といえば、英語や国語だけれど、それをずっと勉強したいかというと、そうでもない。だけど大学に行ってみたい。しかし大学を目指すのなら、峰生を出て町へ行き、そこで下宿して進学校へ通わなくてはいけない。

　その高校に入れたとして……。下宿するにはどれだけのお金がかかるのだろう。

　そしてその先、大学に行くには……。

　待って、と耀子は自分に問いかける。どうして大学に行きたいんだろう？

　答えはすぐに浮かんだ。

知らない世界を見たいから。何かを学びたいから。

では何を学びたいの？　将来、何になりたいのだろう？

立海が雑誌を閉じ、小さくのびをしている。目が合うと、微笑んでくれた。

「どうしたの、ヨウヨ」

「リュウカ君の夢って何？」

「ぼく？　世界一周」

子どもだなあ、と笑ったら、立海が気持ちよさそうにまたのびをした。

そしてあたりを見回すと、壁の小さな棚に目を留めた。そこには写真立てがいくつか並べられている。写っているのは外国人ばかりで、龍治の友人たちのようだ。

立海が「あれ？」と不思議そうな声をもらした。

「あれって、ぼくんち？」

立海が立ち上がり、奥にある写真立てに手を伸ばす。

「やっぱ、そうだ……」

立海が龍治を見た。視線に気付いた龍治がヘッドフォンをはずした。

「叔父さん、座ってるんじゃなかったのかい？」

「ごめんなさい。でも、これってぼくんちでしょ」

「俺の家でもあったけどね」

「もちろん、そうだよ。この人誰？」

龍治が窓を開け、茶色の紙巻き煙草に火を点けた。

「ねえ、この子は龍治でしょ。お隣は……」

「彼女のお父さんだ」

どこの彼女？　と立海が首をかしげた。

「裕一先生って俺は呼んでた。普段は間宮……」

「お父さん？　ひょっとして私のお父さん？」

まあね、と龍治が煙草を吸った。

「君、人前で身内のことを言うときは、父って言ったほうがいいよ」

立海のそばに行き、耀子は写真をのぞきこむ。暖炉の前に立つ、すらりとした少年に、背の高い青年が寄り添っていた。祖父からもらった写真の父は明るく笑っていたが、この写真では穏やかな表情で佇《たたず》んでいる。

「彼女のお父さんは俺にとって、叔父さんで言えば大宮だね。大宮と違うのは、俺の家庭教師もしていたことだ」

父が？　と聞くと、龍治がうなずいた。

「勉強と、それからテニスを教わったな」

「テニス……上手だったんですか？」

「中学、高校、大学と、ずっとテニス部にいて、強かったよ」

「ヨウヨのお父さまも遠藤林業にいたの？」

「林業じゃなくて地所のほうだ。ゆくゆくは……」

龍治が黙って、煙草をふかした。

「ゆくゆく……何？　龍治、途中でやめないでよ」

龍治と視線が合うと、顔をそむけられた。

「ゆくゆくは一緒に働くと思ってたけど、途中で退職した」

「どうしてですか」

龍治が窓の外に向かって、煙草の煙を吐いた。

「ビジネスじゃなく、別のことに興味があったみたいだ」

「何を、どんなことに？　ですか」

「芸術や文学系統……。あの当時、特に演劇、アンダーグラウンドの芝居がはやっていてね、最後に会ったときは、そういう劇団で経理の仕事をしていた」

アンダーグラウンド、と聞き返したら、龍治が煙草を消した。

「一度舞台を見たけど、俺にはわからなかったな。ただ主役を張ってた女優はきれいだった。ファム・ファタールというのか、強気で自堕落、享楽的で破滅的。男を誘って食い散らかして、飽きたら土足で踏みつぶす。なのに聖女みたいに清らかな顔をしていた」

龍治が二本目の煙草に火を点けた。

「君のお母さんのことだよ。似てるね」

「私、似てるんですか？」

似てる、と龍治は横を向いた。

「当たり役は少女娼婦だったけど、怖いぐらいに似てる。裕一先生の面影はまったくないな」

父に似ていないというのは、峰生に来てから多くの人に言われてきた。

しかし龍治の口調は容姿のことではなく、本当に父の子かと問われているようだ。

龍治を見ると、外を眺めていた。

「あのう、私のお父さん……。父……何で亡くなったんでしょう」

幼い頃、父は山で死んだと母は言っていた。祖父に聞いても同じ返事で、どこの山で、何をしてそうなったのか教えてくれない。

わからないな、と外を見たままで、龍治がつぶやいた。

「何も言ってくれなかった。遺書もなかったし」

遺書、という言葉を耀子は聞き返す。

「……自殺だったんですか」

龍治が煙草の火を消し、こちらを見た。

「君のお祖父さんはなんて言ってた？」

「何も。山で死んだ。それだけです」

龍治が目を伏せた。立海は父と龍治の写真を見つめている。

内線が鳴った。受話器を取って龍治が話し出した。相手は鶴子のようだ。時計を見ると、四時を過ぎていた。雑誌を元にあったところに片付け、ゆっくりと階段を下りる。立海が追いかけてきた。

「ヨウヨ……」

振り返ったが、言葉が出なくてそのまま階段を下りる。

ガレージの扉に手をかけて振り向くと、立海が階段の上でうつむいていた。

その日の夕食は千恵が腕によりをかけて作ったローストビーフで、美味なはずだが味の記憶がない。

机に向かって英語の問題集を広げた。しかし文字が頭に入ってこない。

鉛筆を動かす手を止め、耀子は畳に寝転ぶ。

この部屋は元は父の部屋だった。父はここで何を思い、どうやって大人になっていったのだろう。そして、龍治の言ったことが本当なら、どうして自分の手で命を絶ったのだろうか。

身体を横に向けて目を閉じる。自然と身体が丸まり、幼い頃の記憶がよみがえった。

あの大きな手。幼い頃、いつも心に浮かんだあのやさしい手は父だ。しかしそれなら、どうして父はずっとそばにいてくれることを選ばなかったのだろう？

お母さんのせい？

龍治は母のことをひどく冷たい口調で言っていた。しかし、その母が自分を邪険にしていたことを思い出した。

私の、せい？

父と似ていないと言った、龍治の声がよみがえる。

私、お父さんの子じゃないとか……。

起き上がって、机の上を見る。電気スタンドの下には、四角く畳んだハンカチの上に父の腕時計が載せてある。

祖父にもらって以来、この時計と踊る撫子のハンカチは大事なお守りだ。

ぼんやりと腕時計を見ながら、足の指をさする。この足の指の形は祖母と父に似ている。祖父はそう言っていた。だから血がつながっているのは確かだ。

でも、どうして、祖父は今まで、何も教えてくれなかったのだろう。

机に顔を伏せると、内線が鳴った。

相手は千恵だった。龍治が夜食を運んできてほしいと連絡してきたという。

キッチンに行くと、龍治のためにローストビーフとレタスのサンドウィッチが作ってあった。その皿の隣で千恵が、突然に照子を訪ねてきた由香里の母のためにカナッペを作っている。一口食べるかと言われたが、黙ってかぶりを振る。

飲み物はいらないと龍治が言ってきたと言うので、サンドウィッチの皿だけを持ち、耀子はガレージに向かった。

扉を開けると、なかは暗くて静かだった。中二階だけにあかりが点いていて、闇に浮かんでいるようだ。

失礼します、と中二階に上がると、龍治が振り返った。

「君か。千恵が来るかと思ったら。頼んでおいて、こんなことを言うのもなんだが、君、夜更けに一人で男の部屋へ入ってきてはいけないよ」

「でもお夜食が……」

「内線をくれれば戸口まで俺が行く。やむをえず入るときは、入り口の扉は開けておくんだね」

「入り口？」

龍治が困ったような表情で、首に手を当てた。

「参ったな。とにかく今後はそうするんだよ」

はい、と耀子はうなずく。龍治が髪を結わえていたゴムを右耳の下に引いてはずした。

彼の長い黒髪が右肩に流れ、毛先が胸に落ちていく。

「ビールを出してくれるかい？」

あわてて冷蔵庫からビールの小瓶を出す。コロナと書かれた輸入ビールだ。

栓抜きを探していると、よこせと言うように龍治が手を出した。瓶を受け取ると、机の端に当てて一瞬で栓を抜き、飲み始めた。

手品を見た気がして、床に落ちた栓を見る。

そっと龍治に目をやると、腕まくりした紺色のシャツの袖から、女とは違う厚みのある腕がのぞいていた。

龍治がビール瓶を手に提げ、部屋の隅に歩いていく。

そこには白い布がかかった、屏風のようなものがあった。ビールを飲み干すと、空瓶を床に置き、龍治がその布をはずした。

木製の弓のようなものが現れた。

弓の内側には等間隔に透明な糸が張ってあり、ところどころに赤や青色の糸も見える。

「それって、ハープ？　ですか」

そうだよ、と龍治がハープに触れた。

「ケルティック・ハープ。アイリッシュ・ハープとかフォーク・ハープともいう。クラシックのハープと違って、これは持ち歩けるんだ」

その木製のハープは音楽の教科書で見たものよりは小さそうだが、それでも自分の肩ぐらいの高さがあった。

「こんなの、持って歩けるんですか？」

「軽いのさ」

龍治が軽々とハープを運んでくると、コンピュータの前に据えた。触ってみろと言うように手で指し示されたので、こわごわと楽器を持ち上げてみる。

「あっ、ほんとだ、軽い」

龍治が弦をはじいた。夕方になると流れてくる、オルゴールのような音がした。間近で聞くと、もっと透明で清らかな音色だ。

吟遊詩人が持ち歩いていた楽器だと龍治が言った。

「こんな大きな楽器、どうやって運ぶんですか？」

「背負ったか、馬に載せたか。ただ、もう一回り小さいサイズもあって、そいつは肩にかけて持ち歩ける。女性でも軽々運べるな」

龍治が冷蔵庫を開けてオレンジジュースを出すと、再び机の端で栓を開けた。グラスを渡されて戸惑い、龍治を見上げる。オレンジジュースは嫌いかと静かな声がした。

「嫌いじゃないです」

「叔父さんはリンゴがいいって文句を言うんだけどね」

手にしたグラスに橙《だいだい》色のジュースが注がれていく。軽く頭を下げて一口飲み、ハープを見た。

ハープとはお嬢様が弾くきらびやかなものだというイメージがあった。しかし目の前の楽器は木目はきれいだが、質素だ。

「あのう、アイリッシュ・ハープって……アイルランドのハープって意味ですか」

元はね、と龍治がコンピュータの前の椅子に座った。

「でもこれは峰生の木で作られている。本場からハープを取り寄せて、それを見本に日本の職人が作ったんだ」

「どうしてこんなものを？」

「こんなもの、とは冷たい言い方だな」

龍治がハープを傾け、先端を肩に乗せた。

「最初は住宅、それから家具、食器、木のおもちゃのオーダーメイド。峰生の木材で事業を興せないかと、君のお父さんと俺の父親が試行錯誤した結果さ。浜松は楽器の町だろう？」

はい、とうなずくと、龍治が軽く弦をはじいた。

「高い技術を持ってる職人がたくさんいるからね。彼らと何台も試作したのがこれ。峰生を拠点に楽器の会社を作ろうとしていたんだ」

龍治が腕を伸ばして、長い弦をはじいた。まろやかな低音が心地よく身体に響いてくる。

「いいアイディアだったと思うよ」

龍治が指の腹で弦を一気に撫でた。風のように軽やかな音が響き渡る。

「俺が子どもの頃、父親がこの常夏荘で静養していてね。裕一先生に連れられて東京から見舞いにくると、先生と俺の父親がよくこれを弾いてた」

「お父……父は、ハープが弾けたんですか？」

「ギターが弾けたから、飲み込みが早かったらしい。簡単な歌の伴奏なら軽々やってたよ」

「でも……なんで、峰生で会社を？」

龍治がハープから身を離して、椅子の背にもたれた。

「君のお父さんはよく言ってた。山の人間が精魂傾けて育てた木が驚くような値段で買い叩かれてしまうと。生産者から安くものを買い叩いて利益をあげる。それがビジネスだと言う人がいるけれど、そこにはゼロからものを作り出した人間に対する尊敬の念が欠けている。生産者を馬鹿にした話だって」

「生産者というのは、おじいちゃんたちのことですか」

「君のお祖父さんもそうだし、うちの本業もそうだ」

「ホンギョウ？」

龍治の言葉は難しく、すべてはわからない。しかし父が言っていた言葉だと思うと、聞き入ってしまう。

龍治がハープの木に触れた。

「生産者を軽んじる人々は消費者も軽んじる。そんなことも言っていた。だから何ができるかわからないが、消費者に良いものを提供するためにも、自分たちが作った良い素材は地元で加工して利益を上げる道を探そうって」

「成功、したんですか？」

「うちの祖父様は君のお父さんが嫌いな〝ビジネス〟とマネーゲームの信奉者だ。俺の父親が死んだらプロジェクトをばっさり切り捨てたよ」

「それが父の……」

「退職理由になったのかどうかはわからない。そのあと、うちもいろいろあって、そのあたりのダークな事情を知って詰め腹切らされたって噂もある」

どういう意味かと聞きたい。

〝ダークな事情〟も〝詰め腹〟も言葉の意味はわかるけれど、現実感がない。

龍治が立ち上がり、煙草を吸ってもいいかと聞いた。

うなずくと、窓のそばに行って煙草に火を点けた。

開け放された窓から、昼間と変わらぬ熱気が流れこんでくる。その熱気にかすかに煙が乗り、静けさが迫ってきた。

「蛍が飛んでるな……」

「今年は多いです」

「水がきれいだからだね」

「田舎ですから」

「子どもかと思えば、大人のように答えるんだね」

龍治が窓にもたれた。長い髪が軽く顔にかかって、どこか悲しげだ。

その様子に臆したが、思い切って声を出した。

「父のこと……亡くなったのって母のせいですか。それとも私の……」

「どうして君のせいなんだ？」

「わかんない。わかんないけど」

奥歯をかみしめ、龍治を見つめる。顔を背《そむ》けるようにして、龍治が窓の外に視線を逃した。

「私、そんなに似てますか、母と」

龍治が夜空に手を伸ばした。その指先に淡い光が揺れている。

蛍に気を取られているようなので、耀子は階段に向かう。

「お邪魔、しました。失礼します」

階段を下りる間際に振り返ると、龍治はうつむいて煙草を吸っていた。

「何度か会ったことがある」

「誰にですか」

「君とは何度も。お母さんのおなかにいたときも知っているし、最後に裕一先生と会ったときも君がいた。彼が大事にしていたマフラーにくるまって、大切そうに抱っこされて、待ち合わせの場所に現れたよ。命を絶った理由はわからない。でも君のことだけは心残りだったと思う」

詮索するなよ、と小声で言い、龍治が窓を閉めた。

「君が間宮さん……お祖父さんに理由を聞けば、お祖父さんが苦しむ。君のせいじゃない。そして傷ついてるのは君だけじゃないんだ」

龍治がハープに手を伸ばし、かすかに弦に触れた。

父親たちの夢の跡だと、つぶやく声がする。

「蔵に小さなハープがある。裕一先生が一番気に入っていたモデルが。君にあげるよ」

龍治がコンピュータの前に座った。文字を打ち始めたのを見て、耀子はガレージを出る。

ガレージの脇の小道を通ると、ハープの澄んだ音がした。立ち止まって耳をすませる。

父親たちの夢。夢の響き。

薄緑の光を放ちながら、蛍が夜空を横切っていった。

龍治からハープの話を聞いた四日後、三時のおやつの時間に立海と話をしていると、ガレージから聞こえてくる楽器の話になった。

不思議がっている立海にあれはハープの音だと伝えると、驚いていた。

「ハープ？　お部屋のどこにあった？」

「隅っこ。布をかけてあったよ」

夏みかんのジュースを飲んだ立海が、ハンバーガーに手を伸ばす。

「ぼく、全然気が付かなかった。それにあの音はてっきりギターかと思ってた」

「龍治様はギターも弾くの？」

なんでも弾くよ、と立海がうれしそうに、手にしたハンバーガーを眺めている。

「ピアノもヴァイオリンも。ぼくはピアノだけでフウフウ言ってるけど」

立海が勢いよくハンバーガーにかぶりついた。唇の端にケチャップがつき、照れくさそうに指でぬぐっている。

日曜日の対の屋のキッチンは、明るい日差しに満ちていた。

千恵の働く様子が見えるカウンター席に立海と並び、耀子もおやつを手にする。食べようとして、そっと視線を膝に落とした。

立海はさっきハンバーガーをうれしそうに眺めていたが、自分がつい見てしまうのは、膝や足元だ。

白いプリーツのスコートとテニス用のソックス。くりの深いこのソックスにはピンクのポンポンがついていた。短いスコートの下には学校のブルマを穿いている。体育のときはブルマだけなのだから、恥ずかしくはないはずなのに、スコートを穿いていると、むきだしの足がなんとなく照れくさい。

スコートから目を上げ、ハンバーガーを口に運ぶ。

カウンターの奥では、スープを仕込んでいる千恵の背中が見えた。

常夏荘で働く人々は、鶴子をのぞいて日曜日は休みだ。しかし最近、千恵はずっと日曜日も常夏荘にやってくる。

家にいづらいのだと、千恵はこの前、鶴子に言っていた。

千恵の実家では大阪にいた兄が三ヶ月前に夫婦で峰生に戻ってきて、家業の仕出し屋を手伝っている。その兄夫婦が仕事をめぐって、千恵の両親とケンカが絶えないそうだ。どちらの言い分もわかるから辛いと千恵は言い、常夏荘にいるとほっとするのだという。

ああ……と隣で立海が幸せそうな声をもらした。

「千恵のハンバーガーって、すごくおいしい。ぼくねえ、千恵。このハンバーグ、大好き。外がカリッとしているのに、なかがじゅわーっ……ふう」

スープ鍋の様子を見ていた千恵が振り返って笑った。

「それならもう一個作ってあげたいけれど、これ以上食べると、お夕飯が入らないですからね」

「でもね、ぼくたち、テニスをしたでしょ。大丈夫だと思うの、もう少し食べても」

そうですねえ、と千恵が今度はフライ鍋に移動した。

揚げ物の軽やかな音がキッチンに響き渡る。

「まあ、立坊ちゃん、今日のところは一口ずつゆっくり召し上がってくださいな」

「リュウカ君、私の分、ちょびっとあげよっか」

「ううん、いい」

立海が微笑み、大切そうにもう一口を食べた。その向こうにテニスのラケットが置いてある。

一昨日、立海の父、親父様からテニスのラケットとウエア、靴が常夏荘に届いた。峰生にいる間、立海は龍治からテニスを教わることになったそうだ。しかし立海は自分だけがテニスを習うのをいやがっていた。

その翌日、立海の練習の手伝いをして、ボール拾いなどをするようにと祖父に言われた。続いて昨夜、照子からテニスのラケットとレディースのウエア一式を渡された。

ラケットもウエアも見るからに高価そうだ。受け取るのをためらうと、照子が微笑んだ。

立海は龍治が二人にテニスを教えてくれるお礼に、ガレージの赤い車を毎日磨くことを申し出たそうだ。そこで、時間があったらたまに立海を手伝ってやってほしいという。

立海の好意はうれしい。しかし実は自分は運動がそれほど得意ではない。

困惑しながらも部屋でテニスウエアを着てみると、心がときめいてきた。

プリーツのスコートは峰生中学のテニス部の部員が他校の生徒を迎えて練習試合をするとき穿いているものと同じだ。可愛いと思って眺めていたが、自分には縁がないもののはずだった。

フライ鍋を見ていた千恵が、ねぎを刻み始めた。

「一段落ついたら、耀子ちゃん、ごめんね。蔵のものを出すのを手伝って」

「千恵、蔵で何をするの？」

「お膳を出すんですよ。今、おあんさんのところに下屋敷の方々がいらしているでしょう。来週、法事をするんで、帰りにお膳類の一揃いを借りていきたいって話です」

「ぼくも手伝う」

「いいんですよ、坊ちゃんは」

「ぼくだって運べるよ。お父さまからも言われてるの。家のお手伝いもしなさいって」

そうですか、と千恵が少し考えた。

「じゃあ、お願いしますか。よし、じゃあ二人にアルバイト代だ」

千恵が皿に盛ったものをカウンターに置いた。

ワアオ！　と立海が歓声を上げる。皿の上にはポテトフライが載っていた。二人での揚げ物に手を伸ばすと、誰かがキッチンに入ってきた。

龍治だった。シャワーを浴びたのか、髪が少し濡れている。

耀子があわてて立ち上がり、テニスを教えてくれた礼を言うと龍治が軽く首を横に振った。

「いいよ、君がいると叔父さんはあまり文句を言わないからな」

「ぼく、そんなに文句ばっかり言ってる？」

言ってる、と龍治が答え、千恵を見た。

「千恵、コーヒーをくれ。それから何かないかな」

「お昼のお食事が取ってあります。温めましょうか」

「食事はいらない。率直に言うと、ガレージに置いてある酒が切れた。注文してもらいたいんだが、その間をつなぐものはないか」

千恵がコーヒーを淹れながら顔をしかめた。

「それは食べ物じゃありませんよ、龍坊ちゃん。お酒をくれってことですね」

「俺は食べ物とは一言も言ってない……それから、その龍坊ちゃんってのはやめてくれないか。お千恵と俺はそんなに年が変わらないはずだ」

「なあに、からかってるんですか！」

千恵が大きな包丁を振り上げ、一撃で骨付き肉の関節を切り離した。

「龍坊ちゃんのほうがはるかに若いですよ。坊ちゃんが初めて常夏荘にいらした日のことを私、覚えてますからね。ええ、私が五歳のときでした。ここで私はじいちゃんがご馳走を作る手伝いをしてたんです。子どもだから芋を洗ったりとか、そんなのでしたけどね。そうそう……龍坊ちゃんのミルクのお湯をわかしたこともあったっけか。ほーんと、可愛い赤ちゃんでねえ」

「わかった、わかった、お千恵。そのナイフを置いてくれ」

「龍治、千恵とケンカしちゃだめ」

千恵が出したコーヒーを手にして、龍治が軽く笑う。

「ケンカなんてしてないさ。うまいな、このコーヒー」

「水がいいからですよ。東京の水なんてまずくって飲めたもんじゃない」

「最近はそうでもない」

龍坊ちゃん、と千恵が腰に両手を当てた。

「ちょっとは立坊ちゃんを見習って、健康的に朝昼晩とお食事をなさったらいかが」

「身体が受け付けない……しかし君たち、おいしそうに食べてるね」

ふふん、と立海が得意気に鼻を鳴らす。

「おいしいよ。ハンバーグもいいけどね。千恵のケチャップもおいしいの。なんか、いい香りがするんだよ。ねえ、千恵、ぼく、このケチャップもう少し……ベッタベタに塗りたいなあ」

「物事にはバランスってもんがあるんですよ、立坊ちゃん」

「ほかとのバランスがあるから、ケチャップはこれぐらいがベスト。龍坊ちゃんもバランスよく食べてから、お酒と煙草はたしなんでくださいな、この常夏荘にいる間は」

「まとめて呼ぶな」

千恵が龍治の前にオレンジ色のジュースを置いた。

「はい、ビタミンCをどうぞ。夏みかんのジュースです」

俺はいい、と龍治が断ると、千恵が目を怒らせた。

「わかった……じゃあ、そのジュース、ウォッカかシャンパンで割ってくれ」

「みりんでいいですか」

怒るなよ、と言いながら、龍治が立海のハンバーガーを取り上げる。

「ああ、龍治！　龍治！」

うまいね、とつぶやき、龍治がハンバーガーをしげしげと見た。

「ほうら、ごらんなさい。ちゃんと作った食べ物はおいしいでしょう」

「そう言われると反抗したくなるが。千恵……その擂《す》り粉木《こぎ》はなんだ？」

「これから使うんですよ。いいですか、龍坊ちゃん。千恵は冷蔵庫を勝手に開けられるの好きじゃないですけどね。ここのスペースをご覧になって」

ちょっと待て、と千恵に言い、龍治がポテトフライに手を伸ばす。

「やめてやめて、龍治。これは食べないで。これは、ぼくらのアルバイト代！」

皿のポテトフライをひとつかみ、龍治が食べた。続いて立海のハンバーガーをたいらげると、ビールが欲しくなると言って、指についた塩をなめた。

その仕草が妙にいやらしい、いやらしいというより色っぽい、色っぽいというより——。

冷蔵庫の前へ歩いていく龍治を耀子は目で追う。

不良っぽいアイドルのことを、誰かが危険な匂いがしてセクシーだと言っていた。だけどテレビで見るアイドルより、目の前のこの人のほうがはるかに危険そうだ。一挙一動に目が惹きつけられ、視線が合うと、まぶしくてうつむいてしまう。

それなのに千恵はまったく動じず、龍治に声をかけている。

「龍坊ちゃん、ほら、ここですよ。この段に千恵が何かしら栄養があるものを見繕って入れておきますから、夜におなかがすいたら召し上がってください。お酒と煙草とチョコレートばかりなんて、もってのほか。せめてお夕食ぐらい、おあんさんと一緒に召し上がってください。差し出がましいこと言いますけど」

「差し出がましいなんて言わないよ、千恵。その棍棒みたいな擂り粉木、どこかに置いてくれるまではね。ところで、叔父さんのアルバイトってなんだ？」

「みんなで蔵に行って、お膳を出すんだよ」

「下屋敷に貸すあれか。千恵、何番の蔵と言われた？」

千恵が龍治に鍵を見せた。

「そこなら俺も出したいものがある。ついでに手伝おう」

とんでもない、と千恵が手を横に振る。

「龍坊ちゃんがお探しの品はなんですか。一緒に取ってきますよ」

少し考えたが、龍治が言葉を続けた。

「わかりにくいから俺も行く。小さな叔父さん、俺のアルバイトも受けてくれたら、あとでチョコレートをあげるよ。それから夜食にハンバーガーをお願いって、千恵に頼んでやる」

もう、とつぶやいて、立海がカウンターの椅子から降りた。

「ケチャップたっぷりってお願いしてくれる？　ヨウヨの分もね」

困った坊ちゃんたち、と千恵が笑った。


おやつを食べ終えたあと長屋に帰って着替え、割烹着をつけて蔵に行くと、小さな台車の脇で立海が待っていた。

千恵と龍治が蔵から膳や食器が入った箱を外に出したら、自分たち二人はこの台車に載せて通用門まで運んでいくことになったらしい。

さっそく蔵の外に出ている箱を台車に載せ、二人で交互に押しながら通用門へ運ぶ。

箱は見た目より軽く、台車は楽々と進む。

近道をしていこうと、芝生の上を押していくと、草の匂いがたちのぼった。

蔵に入ったらクラクラしたと立海がおどけている。

しゃれ？　と笑うと、「本当なんだって」と立海が真面目な顔になった。

「うす暗くて……。それで、またあったの、あのヨロイ人形が」

「あのカブトをかぶったやつ？」

四年前、照子と立海と三人で夜の蔵に来たことを思い出し、耀子は笑う。

あのとき照子が蔵のあかりをつけると、鉄仮面をつけた人間が座っているかのように置かれた甲冑が現れ、二人して悲鳴を上げてしまった。

照子がただの飾り物だと言ったら、怒ったように鉄仮面が目の前に落ち、生きた心地がしなかった。

「怖かったね、あれ。リュウカ君」

「今度のも怖かった。真っ赤なの、赤いヨロイ。ぼく、また悲鳴上げちゃって。クラクラ、フラフラして外に出た。うちのご先祖たち、どんだけヨロイが好きなの」

立海が振り返り、建ち並ぶ蔵を見た。

「ひょっとして全部の蔵に、あれがいるのかな」

「可能性あるかも」

「考えたら気分が悪くなってきた……」

考えない、と言ったら、「うん」と立海がうなずいた。

「でもぼくね、それだけじゃないと思うの、龍酔いしたんだよ」

龍酔い？　と聞き返すと、立海がうなずいた。

「ぼくね、時々、龍治って本当に龍だと思うの……。なんかね、人っぽくない」

クラクラする、と立海がつぶやいた。

「龍治ってまわりをクラクラさせるんだ。上屋敷の辰美《たつみ》が言ってた。フェロモンってニオイが出てるんだって」

「その辰美って子、リュウカ君に昔、ひどいあだ名をつけた親戚？」

ゲロムシね、と立海が寂しげに言った。

「でも仕方ないよ。前ほどじゃないけど、ぼく、今もゲロムシなの」

「気にしない」

立海が微笑み、台車を押して駆け出した。

「ヨウヨと話してると、元気が出てくるよ」

通用門に着いたので、二人で箱を下ろして車寄せの近くに置く。

空になった台車を走りながら押してみたり、立海を乗せてみたりしながら戻り、再び箱を積む。そうやって蔵と通用門を往復しているうちに、外に置かれた箱はすべて運び終えた。

しかし龍治と千恵が蔵から出てこない。

蔵の入り口に立ち、耀子は声をかける。

「千恵さーん、もう全部ですか？　運び終わりました」

奥から龍治の声がした。

「よかった。彼女、千恵を手伝ってくれないか。叔父さんはおあんさんを呼んできてくれ」

テルコを？　と立海が聞いた。

「何かあったの？」

「あった。確認したいことがある」

立海が対の屋へと向かうのを見て、耀子は蔵に入る。

分厚い扉を通ると、もう一枚の扉があった。

そこを抜けると、あたりは薄暗くなり、ひんやりとした空気が奥から流れてきた。

その変化に軽く戸惑いながら足を進めると、真正面に赤い甲冑を着た鉄仮面が現れた。

血まみれのようで、たしかに怖い。

飾りだとわかっていても気味が悪くなり、裸電球のあかりの下、耀子は小走りになる。

蔵のなかは大小さまざまな箱が壁のように積まれており、立体の迷路を進んでいるようだ。

千恵と龍治が話す声が聞こえてくる。

声がするほうに見当を付け、大きな和箪笥が並ぶ一角を曲がった。

今度は膝の力が抜けそうになった。

壁の棚一面にガラスのケースがぎっしりと並んでいる。そのなかに一体ずつ古いフランス人形が入っていた。電球の淡い光のなか、ビー玉のような瞳が底光りして、人形たちは全員、こちらをにらんでいるかのようだ。

人形を見ないようにして、早足で抜けると、「龍坊ちゃん」と千恵の声がした。

「さっきのスージー・ナントカって食器ですけど、同じ模様のシリーズが何組か出てきましたよ」

おいおい、と龍治の声がした。

「驚いたな。それから千恵、ずいぶん無造作に入ってるが、こっちの食器は……」

ああ、そのあたり、と千恵が朗らかに笑った。

「社員食堂の器みたいだって、母屋にあったのを親父様が蔵に放り込んだやつです。それならこっちにもあります、色違いで結構な数が」

「裏の刻印、なんて書いてある？」

刻印？　と千恵の声が近くに聞こえた。その声をたよりに、耀子は一つひとつ物陰をのぞく。

朱塗りの箪笥の一群の奥に、段ボール箱が積まれた一角があった。千恵が床に膝をついて箱から淡い緑色の食器を出している。

救われたような思いで声をかけた。

「千恵さん!」

「おっ、耀子ちゃん。ちょうどよかった、この裏、なんて書いてあるか見て」

千恵が手にした懐中電灯の下、薄緑のカップの裏を耀子は見る。英語で刻印があった。

「オーブン、グラス、ファイヤー、キング……って書いてあるみたいです」

あきれたね、と龍治の声が近づいてきた。

「その刻印は、四十年代か五十年代のものじゃないかな。千香子もアメリカで買い付けするより、ここに来たほうがよほどコンディションの良い物に出会えたかもしれない。おっと……なんだろう、この悪趣味な器は」

「そのあたりは上屋敷の方々からの贈り物。目先の変わった食器類をおあんさんがお探しで……でも変わりすぎてお蔵入り。あれまあ、これぞ本当に『お蔵入り』だ」

おーい、と立海の声が響いてきた。

「ねえ、だれか」

こっちだ、と龍治が呼びかけた。

「龍治ぃ、テルコはお客様。下屋敷の聡子《さとこ》さんがまだいる。それからね、ぼく……」

「叔父さん、怖いんだろ。無理して蔵に入ってこなくていいよ」

「もう入っちゃった、入っちゃって……」

立海の声が小さくなっていき、一転して叫び声が上がった。

「うわあ、やっぱ、だれか助けてぇ！」

段ボール箱の陰から、懐中電灯を手にした龍治が現れた。

「叔父さん、どこにいるんだ？　まわりに何がある？」

木、と立海が答えた。

「木だらけ。箱……メトロノームみたい？　それから……なんか触った。ヒゲ、ヒゲ、ヒゲ！」

ヒゲ？　と千恵は首をかしげた。

「ねずみですかね？」

「ねずみにそんな長いヒゲはないだろう」

懐中電灯であたりを照らしながら、龍治が入り口に向かっていく。

千恵と二人でそのあとに続いた。

裸電球の薄暗いあかりのなか、龍治が懐中電灯を当てた先に、台形の木箱が集まった一角が現れた。その箱からは大きな弓のようなものが張り出していて、無数の糸が切れて揺れている。

ハープだ、と耀子はその木工品の一群を見る。ガレージで見た物と形が違うが、糸が張ってあるからハープに違いない。

龍治がその一角に進んでいき、何カ所かに懐中電灯を当てた。

まぶしい、と声がする。あわててその方向に行くと、光の輪のなかに、中腰で立っている立海がいた。

左腕があるべき場所に小さなハープが、めり込んでいる。肩から楽器が生えているみたいだ。

決まり悪そうに立海がこちらを見た。

「叔父さん、一体、何をしたらそんなことになるんだ?」

「歩いていたら穴が目に入ってね、それで手を入れてみたら……」

近くにあった敷物を広げて、立海に横になるように言い、龍治が肩にめり込んだ楽器を引っ張った。

「リュウカ君、大丈夫? ちょっと待ってて」

立海に声をかけ、耀子は蔵の奥へ走る。

人形のガラスケースの手前に斧《おの》が数本、並んでいた。すぐに見つけて持っていくと、立海が悲鳴を上げた。

「待って、待って、ヨウヨ、斧はやめて!」

「手じゃないよ、木のほうを切るんだよ」

「彼女、大胆だな。しかし斧で細かい作業は無理だ」

油はどうでしょう、と千恵が龍治に提案した。

「オリーブオイルを木と肌のすきまにたらしてマッサージしたら、ぬるっと抜けませんかね。前に結婚指輪が抜けなくなったとき、兄嫁がそうやって抜いていました」

取ってきます、と、千恵が走っていく。

「千恵を待つ間に、明るい場所に移動するか」

龍治が台車を押してくると、立海を乗せた。

台車に乗せられ、面目なさそうに立海が龍治に運ばれていく。

外に出ると、立海が勢いよく台車から降りた。その瞬間、すこん、とハープが抜けた。

「抜けた！　抜けたよ、龍治」

立海が叫んで、左手のこぶしを龍治に突きだした。こぶしを広げると、手のひらに金色の指輪が乗っている。

龍治が指輪をつまんだ。指輪には百畳敷の欄間にあるような透かし模様が入っており、細長い紙が結わえてあった。

「叔父さん、これはどうしたんだ？」

ハープのようなものを見つけて近寄ったら、穴があった。のぞいてみたら底にキラキラしたものがあったので手を入れたら抜けなくなった、と立海が一気にまくしたてた。

「誰も聞いてくれなかったけどね！　さっきは」

「よく言うよ。しょんぼりして、話どころじゃなかったくせに」

「だって、手がしびれてきたんだもん」

立海が腕を振ったあと、ぐるぐると回しだした。その隣で龍治が指輪に結わえられた紙をほどいている。

紙は薄く、アコーディオンのように細かく畳まれていた。龍治が丁寧に広げていくと文字らしきものが現れた。

腕から抜けたハープを指差し、あの穴は何だったのだと立海が聞いた。

サウンドホール、と、紙から目を離さずに龍治が答える。

「あの穴から腕を入れてハープの弦を張るんだが……思い出した、これは楽器じゃない。ただの置物だ。だから穴が小さすぎたんだ」

その紙にそう書いてあるの？　と立海が龍治の手元をのぞき込んだ。

「うわあ、何？　この糸みたいなの。これは字？」

「書道の達人が使う字さ」

「龍治は読めるの？　なんて書いてあるの」

龍治が黙った。

「ねえ、教えてよ。ぼくが見つけたんだよ」

君に寄す、と小さな声がした。

「清き瀬の里、揺れる撫子……」

「そっちのグニャグニャは？」

「花のかんばせ、麗しき風のすみか」

〝清き瀬の里、揺れる撫子、
花のかんばせ、麗しき風のすみか〟

立海の横に並び、細い線にしか見えない文字を耀子は目で追う。意味はわからないが、峰生のことを言っている気がした。

「どういう意味、龍治」

足元に転がっているハープを龍治が拾い上げた。

「清らかな流れの里、撫子が揺れる地に、花のように美しい人がいる。そこは麗しい風が吹き抜ける場所」

「詩、ですか？」

「指輪と何の関係があるの？」

シャツの胸ポケットに指輪を入れると、龍治が蔵を見た。

預かってもいいか、と抑えた声がする。

立海がふざけて何かを言おうとした。しかし龍治を見上げると、小さくうなずいた。

立海が見つけた指輪をポケットに入れた龍治は再び蔵に戻っていき、大量の段ボール箱を外へ運んできた。

龍治が立海に頼みたいアルバイトというのは、その箱をガレージに運び、なかに入っているレコードのほこりをぬぐっておくことだった。

再び台車に段ボール箱を載せ、立海と二人で耀子はガレージとの間を往復する。龍治がこれで最後だと言った箱を載せて、台車を押していくと、通用門の前に軽トラックが停まった。

助手席には由香里が乗っている。

横髪をふんわりと後ろに流し、軽く見え隠れする耳には三日月の形をした赤いイヤリングをつけていた。『オリーブ』という雑誌で見かけた女の子みたいに〝ポップ〟な感じだ。

軽トラックのドアが開くと、真っ白なサンダルが目に入った。続いて小麦色の長い足が伸びてきて地面に降り立った。

まぶしい思いで耀子は軽く頭を下げて挨拶をする。由香里は、軽トラックの荷台のほうに歩いていった。

「おーい、由香里」

立海が声をかけて手を振ったが、返事はない。

「なんで由香里はいつもぼくにツンケンするんだろ？」

「おーい、ってのと、呼び捨てがいやなんだと思うの」

そっか、と台車を押しながら立海がうなずいた。

「でもぼく、龍治だって呼び捨てなのにね、テルコだって……。まあ、いいか。ごきげんよう！　由香里ちゃん」

由香里の返事はなく、代わりに運転席から降りてきた痩せた父親が目をしばたたかせながら、「こんにちは」と立海に挨拶をした。

由香里の父であり、下屋敷の当主でもあるこの人は婿養子というもので、もともとは下屋敷の遠縁にあたる人だ。東京の有名な大学を出ているが、集落の人の言葉によると「家ではまるで発言権がない」そうだ。鶴子がぽろりともらした言葉では「甲斐性もない」らしく、それがどういうものかわからないが、見た目もひょろりとして元気もない。

由香里の父も荷台のほうに歩いていったので、二人で通用門の前を通過して、龍治のガレージに向かう。

扉を開けると、真っ赤なオープンカーは今日も艶やかな光を放っていた。車の後ろに書かれたリトモ・カブリオというアルファベットを横目で見ながら、ガレージの中二階にレコードが入った箱を運んだ。

その作業が終わり、今度は古いレコードを布で拭きだしたのだが、単調な作業に立海が飽きてきて、部屋の隅へと歩いていった。

その先にはケルティック・ハープ、またの名をアイリッシュ・ハープがあった。いつもは布をかぶせてあるのに、今日はかかっていない。

「へえ、これが龍治のハープ。さっきも蔵にいくつかあったよね」

「たくさん作ったんだって。峰生の木でいろいろな形や大きさのハープを。昔、遠藤林業の木材でハープを作って売ろうとしてたらしいよ」

立海がハープの弦をはじくと、深みのある音がした。

「誰が？　ぼくのお父さまが？」

「ううん、龍治様のお父様と私の……」

父がと言いかけてやめる。立海の父がこの計画をやめさせたことを思い出した。

「龍治のお父さまってことは、お兄さまね。やるじゃん、リウイチロウ」

その名を思い出したら、吹き出してしまった。

「そうか、龍治様のお父様はリウイチロウなんだ」

そうだよ、と立海が笑った。

「びっくりしたよね。おかしな詩を書いて。『みんなで踊ろう、腹踊り』、それからなんだっけ」

「『腹に絵を描き、尻をふりふり』。それから、俺のお供えものは左右、一個ずつ食べたらばれませんっていう俳句」

「もうちょっと、カッコいい詩を書けばよかったのにね、リウイチロウったら！」

四年前、『リウのひみつ』で読んだ詩を思い出し、耀子は笑う。龍治の父、龍一郎は遠い人だが、リウイチロウだと思うと友だちのようだ。

レコードのほこりをぬぐい、次の一枚を出したとき、ガレージの入り口から音がした。

立ち上がって、耀子はガレージの扉を見る。

入ってきたのは由香里だった。青地に白の水玉模様のスカートに白いセーラーカラーのシャツがよく似合っている。

耳元で揺れている赤い三日月のイヤリングを見たら、この前、読んだ雑誌の記事を思い出した。たしか青、白をベースに、小粋に赤を効かせたフランスの国旗風の配色がおしゃれだと書かれていた。

パリの女の子って、こんな感じなのだろうか……。

そう思いながら眺めていると、立海が興味深そうに言った。

「赤、白、青……。由香里、そのカッコ、床屋さんの前でネジネジ回ってる棒みたいだね」

露骨に顔をしかめて、由香里が階段を上がってきた。

「何、それ。トリコロールを意識したスタイリングって言ってよ。お邪魔していい？」

「わかんない、ここは龍治の部屋だから」

「龍治さんなら、さっき蔵の前で会ったよ。テニスコートを貸してほしいって言ったら、立海叔父さんがＯＫを出したらいいって。それでここにいるのを教えてくれたの。へえ……スタイリッシュな部屋」

「テニスコートって何の話？」

由香里がソファに座って足を組んだ。

「ここのコート、使えるようになったじゃない？　昼間、貸してよ。うちの学校の部活、軟式なのよ。だからここのコートで硬式のテニスをやりたいの」

「ぼくらと？」

まさか、と由香里が笑った。

「あんたたち、始めたばっかでしょ。相手にならないわ。ちゃんとお相手がいるの。名古屋の大学にいる友だちが帰ってきてるから、その人と一緒に」

女の子？　と立海が聞いた。

由香里が笑いをひきこめた。女友だちではないようだ。

「ぼく、わかんないや。テルコに聞いて」

「立海さんがいいって言ったら、おあんさんもＯＫって言ってくれるわよ。だって立海さんのために親父様が整備したんでしょ」

立海が少し戸惑った顔をした。

「知らないよ、そんなこと」

「もう立坊ちゃんったら、ぐずぐずしないでパッと決めてよ。少しぐらい、貸してくれてもいいでしょ。あまり調子に乗らないで」

由香里が軽く身を起こし、階下に置かれた赤いオープンカーを見た。

「うちにはダサイ車しかないけど、世が世ならこの常夏荘は私の家で、外車を乗り回したり、センチュリーで東京から来たりするのは私のほうだったかもしれないんだから。知ってる？　親父様のお祖父様は下屋敷から本家に養子に出た人なんだよ」

「あの……何か飲みませんか？」

立海に助け船を出そうと、耀子は冷蔵庫を開ける。勝手に冷蔵庫を開けて悪いが、この状況だったら龍治は許してくれそうだ。ところが冷蔵庫のなかは外国製の飲み物ばかりで、酒なのかジュースなのかわからない。

「飲み物？　いらない」

素っ気なく由香里が答える。

「リュウカ君は？」

「ぼく？　そうだね、チョコ食べる。トリュフ？　トリュフン？　うさぎのフンみたいなチョコレート」

立海が耀子の隣に並び、冷蔵庫をのぞいた。

「話は終わってないでしょ。シカトしないで、立海さん」

「そんなのしてないよ。でもね、帰って」

立海が由香里に背を向けたまま言う。

「ぼくらは今、アルバイト中だから。テニスのことは龍治に聞いて」

「何よ、たらい回し？　わかりました」

由香里が立ち上がった。

「立海さん、あまりえらそうにしないことね。私、龍治さんは認めるけど、あんたのことは認めらんない。親戚中、みんなそう思ってるよ。だって、あんたの名前には龍の字がないじゃん。オメカケの子だからよ。それから、あんた、間宮も調子に乗りすぎ」

「私が？」

矛先《ほこさき》が急に向けられ、耀子は戸惑う。

「なによ、長屋の子が可愛いスコート穿いて、いきなりカーボンのラケット持って。ろくに打てもしないのに」

「オメカケの子に長屋の子か……」

低い声が響いて、龍治が階段をゆっくり上がってきた。肩には緑色のキルティング地で作られたいびつな形のリュックを掛けている。

「そういう君は何様だ」

「由香里様よ、龍治様」

龍治が小さく笑った。

「鼻っ柱が強いのは嫌いじゃないが、入り口のドアは閉めてくれ。声が筒抜けだ」

肩に掛けていたリュックを降ろし、龍治が冷蔵庫から小さな瓶を出した。

「由香里様、ジュースをやるから帰れ。オメカケだの長屋だの言うのは家でやれ」

「だって本当のことじゃない。私なんてまだいいほうよ、他の人たちはもっとひどいことを言ってる。ここの当主はアブノーマルでロリコ……」

叔父さん、と龍治が声を上げ、大きなテレビの下にある機械を操作した。

「マイケル・ジャクソンのビデオが見たいって言ってなかったか?」

「えっ?　うん……」

「さっき出てきた。『スリラー』の映像が。ほら、これさ」

龍治がヘッドフォンを手にして、強引に立海の耳にかぶせた。

戸惑いながらも立海がテレビを見た。赤いジャンパーを着た黒人の若者がお化けを率いて踊っている映像が流れてきた。

吸い寄せられるようにして、立海がテレビの前に座る。

由香里に向き合うと、龍治がリュックのファスナーを開け、小さなハープを取り出した。

「アブノーマルね……さっき言おうとした言葉をすべて一度、親父の前で言ってみろ」

「親父様の前で？」

「俺の祖父じゃなく、自分の父親の前で言ってみるんだね。興味深い反応が戻ってくるだろうよ」

由香里が少しひるんだ顔をした。

「どういうこと？」

「さあね。いずれにせよ、性の嗜好はデリケートな話だから、何も知らない子どもが口にするものではないよ」

「何も知らないわけじゃないわ」

龍治がデスクの前に座り、膝に小型ハープを置いた。

由香里が軽く足を広げて、龍治の前に立つ。

ミニスカートから伸びる長い足を見せつけているようだ。

「興味津々な年頃なんだね」

龍治が由香里を見て、薄く笑う。

「教わりたいと言うのなら、俺が手ほどきしてもいいが」

「何言ってるの」

「汗臭い大学生とつがうより面白い世界が見られるだろうよ」

バカ！　と由香里が大きな声を出した。

「どスケベ、変態。私に何を教える気？」

「ハープだ」

龍治が膝に置いた小型ハープを軽く鳴らした。

「何を教わりたいんだ？」

由香里が黙った。

「へっ、何、龍治」

ヘッドフォンをはずした立海が不思議そうな声を上げる。

「ビデオが終わったよ……何？　由香里がハープ習うの？　それならぼくらにも教えて」

今度ね、と龍治が軽く言う。

「今度っていつ？　何時何分何秒？　ねえ？」

由香里、と階下から声がした。ガレージの扉近くに由香里の母親、聡子が立っている。龍治に会釈をすると、帰ろうと由香里に明るく声をかけた。

「早く行きましょ。服を買ってあげるから。早く」

「うるっさいなあ」

だるそうに言ったわりに軽やかな足取りで由香里が階段を下りていく。オープンカーの横を通り過ぎるとき、フェンダーミラーに顔を映して、素早く前髪を直していった。

由香里親子が去っていくのを見ながら、立海がつぶやく。

「いいなあ、お母さまとお買いもの……お洋服を買いに行くんだって。どこへ行くんだろ。ぼく、そんなのないよ。それに……」

内線が鳴った。龍治が電話を取って話し出している。相手は照子のようだ。

オメカケの子には龍の字がないって……、と立海がうなだれた。

立海が階段を下り、清掃用具を手にした。龍治との約束の車磨きを始めるようだ。

「手伝うよ」

一階に下りて脚立を運ぶと、立海が中二階を見上げた。

「どうして龍治はテルコのこと、お母さまって呼ばないんだろう？　いつもおあんさんって呼んでさ」

お母さま、と立海の声が小さくなる。

「ぼく、言いたいな。ママ、お母さん、お母さま。ヨウヨは言ったことある？」

「あるけど、でも……」

少しのお金を置いていかれて、何日も母の帰りを待ち続けた日々を思い出した。常夏荘でも夜に一人でいるときはあるが、祖父は言ったとおりの日に必ず帰ってくる。しかも泊まりがけの仕事が終わったときは、キャラメルやガムなどをおみやげに買ってきてくれる。無口だが、祖父は母よりもずっと優しい。

「お母さん……」

その言葉をつぶやいたら、「何をやらせてもグズ」とののしられたことを思い出した。

涙がこみあげてきた。顔をぬぐい、耀子は小さなヘラを手にする。

運転席の窓にはりついた虫の死骸をヘラでこそぎ落とすと、同じ作業を立海も助手席側から始めた。

「こんなきれいな車があるなら、龍治、お母さまを乗せてあげればいいのに。テルコ、喜ぶよ。こんなすてきな車に……あれ……」

立海が腕で目をぬぐう。

「やだ……。龍治のバカ」

電話を終えた龍治が階段を下りてきた。

「何を泣いてるんだ？　叔父さん」

「龍治はいいなあ。お母さまがいて」

「俺には父親がいなかったよ」

立海が窓をこする手を止めた。

「だけど……ぼくのお父さまはおじいちゃんなんだもん。お年寄りだよ。全然、お父さまに見えない。ぼくのお父さまは、龍治のおじいちゃまなんだよ」

立海が車のボンネットに顔を伏せた。

「おじいちゃんすぎて……車も運転できない。ぼくんち、ヘンだ」

「叔父さん、そんなところで泣かないでくれよ。泣くならよそに行ってくれ」

やだ、と、くぐもった声がする。

「ぼくはここで泣いてたい。ぼくは……この車、リトモさんと一緒にいたいんだよ」

「君、何か言ってくれない？　君が誘ってくれたら、叔父さんも移動してくれそうだ」

「私も……ここにいたい」

窓をこすったら、涙がガラスに落ちた。

どうしてなのかと龍治がたずねた。

答えられなくて、黙って窓をこする。真紅のベルトーネ・リトモ・カブリオは色も形も名前も夢のようで、触れているといやな記憶が薄れていく。

「二対一だから龍治が外に行ってよ。それじゃなきゃガマンして。ぼくら……ぼくらはここでおとなしく泣いているもん」

「窓の虫……きれいにしたら、そしたら……」

「もういい」

苛立たしげに言うと、龍治が乱暴にガレージの扉を開けた。

「乗れ、二人とも」

何に？　と立海が顔を伏せたまま言った。

「後ろの座席だ」

龍治が中二階に駆け上がると、車のキーを手にして下りてきた。

「龍治、乗せてくれるの？　ぼくらを？」

「こんなところでベソベソ泣かれるぐらいなら、外に行ったほうがマシだ」

髪を束ねると、龍治が助手席を前に倒し、後ろの席を指し示した。

立海と並んで、おそるおそる耀子は真っ赤な車の後部座席に乗りこむ。

開け放したガレージの扉の向こうに、夕焼け空が広がっていた。

常夏荘を出て坂を下りた車は山道をすべるように走っていく。

オープンカーに乗るのは初めてで、耀子は飽きずに景色を眺める。

ガレージを出たときに広がっていた夕焼けは、茜色が濃くなっていた。

車はしばらく山のなかを走っていたが、やがて道の右手に川が現れた。それから

ずっと川の流れにともなって道も曲がっていく。

「そろそろ戻ろうか、お二人さん」

「もう少し乗っていたいな、龍治」

そうか、と短く答えると、龍治がサングラスをはずして胸ポケットに入れた。そ

れから急に車の速度が上がり始めた。

急なカーブを車が猛スピードで曲がり、立海が悲鳴を上げる。再びカーブに入っ

たとき、立海が声を上げかけたが、途中でこらえた。

「ヨウヨ、怖くないの？」

「タイヤが四つあると安心。だって絶対転ばないし」

「そうか、たしかに転ばないね」

「どんな格好しててもいいし。シートベルトもあるし。おじいちゃんとバイクに乗ってるときは、カーブを曲がるときにこうやって」

軽く耀子は身体を傾ける。

「バイクの傾きに逆らわないようにしないと危ないから。こんなふうに座席にもたれてお話しできないよ」

なーるほど、と立海が笑った。

「転ばないって考えると怖くないね。それにぼく、ジェットコースターに乗ると吐いちゃうんだけど、今日はそうでもないや」

車の後部車輪が軽く横滑りをした。

「ワアオ！　またお尻がすべった。でもヨウヨといると、何も怖くないね」

龍治が軽くうなだれた。

道に沿って流れている天竜川の幅が広がり、夕暮れの光のなかで黒く沈んで見える。その川を見つめていると、「どうしたの？」と立海に聞かれた。

「この川は、どこに行くんだろうね」

「それはわかるんだけど、どんなふうに？　常夏荘の前の川がこの川に合わさって、どんなふうに海へ行くんだろう……」

「海だよ、ヨウヨ」

「龍治、どうなるの？」

立海が運転席へ身を乗り出した。

「どれほど澄んだ水も、最後はよどんで海に流れるんだ」

「きれいなまんまで海に流れる川はないの？」

「見たことない。テムズ、セーヌ、ドナウ、ブルタヴァ、ナイル、チャオプラヤ。世界のどこも川の果ては濁ってる」

「ブルタヴァってどこの川？」

「チェコスロヴァキア。モルダウともいうね」

「チャオ、ナントカ……というのは？　どこの国の川ですか？」

「タイ。学校ではメナム川と習うのかもしれない」

メナム川。それなら社会の時間に学んだ。メナム、メコン、イラワジ。インドシナ半島を流れる三本の川だとセットで覚えている。

「龍治はさっき言ってた川を全部見たの？」

「見たし、そのそばでも暮らしてみた。成金のボンボンらしい発言だね」

龍治が車の速度を落とした。風の音が柔らかくなり、話しやすくなった。

「世界って、どんな感じですか？　外国に住むって、どんな感じですか？」

　龍治が少し考えこんだ。

「どこもあまり変わらないよ。峰生と同じさ。飲めば酔うし、楽しければ笑う。悲しければ泣くけど、怒るところは国によって微妙に違うかな」

「峰生と同じ……。でも龍治様は峰生を好きじゃないでしょう？」

　そうだね、と龍治が答えて、ゆったりとハンドルを切った。

　ゆるやかなこのカーブを曲がると、道はしだいに下っていき、町が見えてくるはずだった。

「でも峰生だけがきらいってわけじゃない。どこもかしこもきらいだ。どこにも居場所がない気がしてる」

「ぼくは峰生が大好きだよ」

　座席から腰を浮かせて運転席に手をかけ、龍治の耳元で立海が言った。

「大人になったら変わるよ」

「そう？」

「常夏荘だって叔父さんが大人になる頃まで、残っているかどうかわからない」

「龍治は常夏荘もきらいなの？」

「好きも嫌いもない。ただ、父親が死んだ場所だとしか思えない。なぜか知らないけど、父は峰生にこだわって。子どものことはほったらかしで、夫婦二人でずっとあの屋敷にいたから」

あたりは少しずつ暗くなり、龍治が車のライトを点けた。

宵の明星だと立海が天を指差した。

夕焼けと夜空の境目が紫色に染まっている。そのなかに一際明るく輝く星があった。

「龍治、星の天女が火をともしたよ」

「叔父さんと同じぐらいの年の夏、俺も明星の稚児をやったよ。だけどこんな田舎にいるのはいやだとすぐに東京に帰った。叔父さんは良かったね、いい友だちがいて」

「龍治は『さびしんぼ』なんだね」

立海が立ち上がり、龍治の首にうしろから腕を回した。

「ぼくらがいるじゃないか、今年の夏は」

「叔父さん、危ないよ。それに友だちじゃない。叔父だ」

「叔父さんだけど、お友だちになってあげる。ね、ヨウヨ」

「私も？」

「なってあげてよ、龍治は悪い人じゃないから。うん、って言って」

うん、とうなずくと、立海がやさしく龍治の頭を撫でた。

「龍治、叔父さんがお友だちを見つけてきてあげたからね。もうさびしくないよ。

運転中っていいな。普段は龍治の頭なんてナデナデできないもんね」

「立海叔父さん、いい加減、ふざけるのはやめてくれよ」

「おお、こわ」

龍治から身を離し、立海が座席に座った。

「でもこういう言い方してるときは、あまり怒ってないんだよ」

「本当？」

斜め前方の龍治を見る。暗くなってきたので表情は見えないが、素っ気ない口ぶりは怒っているようだ。

「ほんと。龍治は怒ってると何も言わないもん」

ふもとの町に入ると、信号がちらほら見えた。川はさらに広くなり、何本か長い橋がかかっている。この町には農林高校があり、峰生中学の卒業生の多くが通っている。

道沿いに現れた高校の建物を眺めていたら、車が信号で停まった。それを機に龍治が車の向きを変え、来た道を戻り始めた。

そろそろ帰ろうと、立海に声をかけている。

町を振り返りながら、あの川の先はどうなるのかと立海がたずねた。

「新幹線で浜松駅に近づくと長い鉄橋を渡るだろう。あの川になるんだよ」

「えっと……覚えてない」

「東京に帰るとき、注意して見るんだね。あの橋があるところが天竜川の河口、海までですぐさ」

「じゃあそんなに海は遠くないんだね。追いかけてみたいな、天竜を」

車が再び信号で停まった。

龍治がラジオの横からプラグを引き抜き、煙草に火を点けている。そのまま黙ってふかしていたが、青信号で走り始めたと同時にスピードを上げ、一気に車の向きを変えた。

「ワアオ、スピンターンだ。どうしたの、龍治？」

「気が変わった」

「どんなふうに？」

返事はなかった。再び車は川の流れに沿って走っていく。

流れていく景色を見ていたら、遠い昔、常夏荘の『庵』で寝入ったときに見た夢を思い出した。あのときは夢のなかに立海が現れ、今と同じように天竜川の果てを見に行こうと誘った。そして照子の黒い毛皮のショールにくるまって空を飛び、二人で世界の果てを見に行った。

隣を見ると、立海と目が合った。あのときより少し大きくなったけれど、目が合うと微笑んでくれるのは変わらない。

黒い毛皮のショールの代わりに、ベルトーネ・リトモ・カブリオという、魔法の呪文のような名前の赤いオープンカー。
目を開けて、夢を見ている心地がした。

家並みはそれから途切れなく続き、道行く人や車の数が増えてきた。峰生では見かけない工場や大きなスーパーも現れ、もの珍しい思いで耀子は景色を見る。

峰生の夜は真っ暗だが、この町は夜も明るい。馴染みのない場所でも、右手の方角に顔を向ければ天竜川が目に入ってきて心が落ち着く。

龍治が大きなスーパーの駐車場に車を乗り入れた。

常夏荘に連絡をしてくるので、その間にトイレに行ってくるようにと立海に言っている。店のトイレを借りて出てくると、龍治がスーパーの袋を提げて、公衆電話で話をしていた。

それから再び車で走った。道は何度か川からはずれたが、しばらく走っていると再び川が現れる。何度も繰り返すうちに灯台が見えてきた。そこが天竜川の果てだという。

灯台近くの路肩に車を停めて歩くと、目の前に灰色の砂浜が広がっていた。

夜の海も灯台を見るのも初めてで、立海と競走するようにして砂浜を駆けた。砂に足を取られるのも面白く、二人でふざけながら海に向かっていくと、満月の下で波が打ち寄せていた。

　履き物を脱ぎ、立海と並んで波打ち際に立つ。

　波が打ち寄せると足首が、その波が引いていくと足の裏がくすぐったい。素足にまとわりつく波の心地よさを味わっていると、立海はどんどん先へと進んでいった。

　その背中ごしに、海原《うなばら》を見た。

　天竜川の果てには海がある。この海の先には何があるのだろう。

　テムズ、セーヌ、ドナウ……。授業で習ったけれど、見たことがない川と国。どの川もすべて海に注ぎ込み、足に触れるこの水とどこかでつながっている。

　膝の深さまで海に入っていった立海が振り返った。月光の下で、色白の肌が冴え、黒髪が濡れたように光っている。

「ねえ、見て、ヨウヨ、龍治！　ぼく、海に立ってるよ」

「ほんとだ、立つ、海、君だね」

　そういうわけだから、と背後から龍治の声がした。

「龍の字なんて必要ないのさ、叔父さんには」

「なんで？」

　暗い海原を背後に従え、立海が立っている。頭上には宝冠のように星々がきらめいていた。

「峰生の森の水はこの海へと流れる。海に注いだ水は水蒸気となって天へと昇り、雨に変わって森を潤し、再び海を目指す。自在に姿を変え、めぐりゆく水の流れは龍そのもの。天竜の川は海に注ぎ込むだろう？」

立海がうなずいた。

「その海に立つ者とは、つまり龍のなかの龍さ」

「龍のなかの龍？」

立海が小声で復唱した。

「そうだよ。星の天女のご加護を受ける一族の王さ」

「なんか……カッチョイイね」

「上屋敷や下屋敷の子どもたちが何を言っても聞き流せばいい。さてと……」

彼女、と呼ばれて振り返ると、龍治が何かを放った。あわてて両手で受け止めると銀色のライターだった。

「それからこっちは叔父さん」

龍治が投げたものを立海が受け取る。細長い革ケースに入ったものだった。

「叔父さん、アーミーナイフの使い方を覚えているかい？　彼女に教えてあげて」

「これ、貸してくれるの？」

あげるよ、と言い、龍治が歩き出した。

どうして？　と龍治と並行して立海が水のなかを歩いていく。

龍治が足を止めた。

「前から欲しがってたじゃないか」

「そうだけど。でも、どうして？」

「そうだな。友だちを見つけてくれたお礼かな」

なあんだ、と立海が笑うと、龍治が浜辺を指差した。

「あそこに置いた袋にハムとチーズがあるから、彼女に切ってもらって食べるといい。コーラでよければ、飲み物も入っているよ。俺は少し散歩してくるから」

急に不安になってきて、「どちらまで」と耀子は声をかける。

「気の向くままに。食べたら叔父さんと花火をするといい。ライターはそのときに使ってくれ」

「龍治様は？」

「花火の煙は苦手だ」

灯台に背を向けて龍治が歩いていった。

煙草の煙は好きなのに、と言いながら立海が海から上がってきた。

龍治が指差した場所に行くと、スーパーの袋と、赤いギンガムチェックの布が畳んで置いてあった。

その布を広げて座り、立海が渡してくれたアーミーナイフで耀子はフランスパンを十センチほどの間隔で輪切りにする。そのパンに今度は縦に切れ目を入れ、ハムとチーズをはさみこんだ。千恵がたまに作ってくれる、バゲットサンドのできあがりだ。

　コーラの缶を開けながら、立海が浜辺を見た。

「龍治はおなかがすいてないのかな。一個、持っていってあげようか」

　月明かりの下、ゆっくりと龍治が遠ざかっていく。運転中は結わえていた髪がほどかれ、風に軽くなびいている。

「考えごとをなさっているみたいだよ」

「じゃあ、少し残しておこうか……それにしてもいいなあ、龍治は。どこにでも車ですうっと行けて」

　早く大人になりたい、と立海がつぶやいた。

「そうしたらぼくも、好きなことをなんでもやれるのにね。車の免許がまずほしいな。そしたら峰生に来るよ。東名高速をブワーッと飛ばして。それから外国に行く。世界中を見にいくんだよ、ドナウとかセーヌ……龍治のまねになっちゃうから、川はやめよう、山にしよう」

「山は峰生があるじゃない？」

「じゃあ海にしよう。ああ、龍治は海もたくさん知ってる。スキューバ・ダイビングが好きだから」

　それは何かと聞くと、酸素ボンベを背負って海のなかをもぐるのだと立海が答えた。

「今度、龍治に教えてもらおうよ、テニスみたいに」

「私も？」

当たり前だというように、立海がうなずいた。

「二人であちこち歩いたり、もぐったりしよう、地球の上を。今はぼくら、峰生だけだけど、大人になったら」

バゲットサンドを食べようとした立海が手を止めた。

「あれ？　龍治がいない……」

龍治が歩いていった先に耀子は目をこらす。たしかに浜辺に姿が見えない。

「ぼく、ちょっと見てこようかな」

「私も行く」

スカートについた砂を払って、立海と並んで歩いた。浜辺をしばらく歩いていくと、流木に龍治の黒いシャツがかかっていた。

泳いでるのかな、と耀子は海を見る。しかしそれらしい姿はない。

龍治のシャツを手にしたら、その下に靴があった。

「靴があるよ、リュウカ君。こんなところにぽつんとあると、なんか怖いね」

「こわいって？」

「なんだか自殺するみたい……」

不吉なことを口にしてしまい、耀子は黙る。

不安そうに、立海が海を見た。

「龍治……。龍治ね、前に自殺……しようとしたことがあるって」

「いつのこと？」

わかんない、と立海が首を横に振る。

「でも、嘘かもしれない。ぼくのお母さまは常夏荘の井戸に投げ込まれたなんて言ってた子の話だから」

かすかな水音がして、海面に人の頭が現れた。しかしすぐに姿が消えた。

泳いでる？　と声が漏れたら、「泳いでる」と繰り返して立海がしゃがみこんだ。

「もう、びっくりした。なんだ、遊んでるのかあ」

立海とともに流木に腰掛けたが、龍治の姿がまた見えない。

「でも、なんか……おかしくない？　リュウカ君」

おかしい、と立海が立ち上がる。

「ぜんぜん、顔を出さない。よく考えたら……さっきも……」

海に向かって立海が走り出した。

「変だよ、龍治、ぜんぜん楽しそうじゃない」

波打ち際に走った立海がそのまま海へと入っていった。

「龍治！」

波に足をすくわれた立海が尻餅をついた。立ち上がろうとする立海の両脇に手を入れ、耀子はしっかりとかかえる。

「待って、リュウカ君。私が行くから、大人を呼んできて」

いやだ、と立海が叫んで耀子の腕を振り払う。その力の強さに思わず手を離すと、立海が海へと分け入っていった。

「龍治、行かないで、帰ってきて、龍治！」

必死で手を伸ばし、耀子は立海の服の裾をつかむ。その瞬間、突然、肩まで立海が海に沈んだ。すかさず襟首をつかんで手元に引き寄せたが、波が引く勢いに呑まれて足を取られた。

のどに水が入ってくる。海は急に深くなっていた。

立海が暴れた。

「放して、ヨウヨ」

「龍治様！」

咳き込みながらも声を振り絞り、耀子は叫ぶ。

「戻って！　私たち、溺れ……溺れそう！」

龍治様、と再び声を張り上げると、耳に冷たい水が流れ込んできた。

「助けて！」

龍治、と立海が叫ぶと、水音がした。はるか前方の海面に龍治が顔を出している。

月に口づけするかのように天を見上げると、鮮やかに抜き手を切って、龍治が泳いできた。

立海をしっかりとつかみ、耀子は必死で浜へとあとずさる。

海面が膝まで来たところで崩れるようにして二人でしゃがみこむと、海から龍治が上がってきた。黒いTシャツもジーンズも濡れ、肌に貼り付いている。

「なんの騒ぎだ」

「なんの騒ぎって……」

「叔父さんは何を泣いてるんだ？」

龍治、と立海が何度も腕で目をぬぐった。

「龍治は、死にたいの？」

立海が肩を震わせた。

「死のうとしてたでしょ。今、さっき、死んでもかまわないって思ってたでしょう」

龍治が沖を眺めた。

いやだよ、と立海が泣いた。

「龍治がいなくなったら、ぼく、いやだ」

海を眺めている龍治の髪から、しずくが落ちている。軽く頭を振ってしずくをはらうと、龍治が無造作に濡れた髪を束ねた。

「泣かないで、叔父さん」

「龍治、帰ろう。ごめんね、ぼく、もうわがまま言わない」

「あやまることなんてないよ」

帰ろう、と立海が龍治に取りすがった。

「龍治、みんなで常夏荘に帰ろう」

帰るさ、と優しい声がして、龍治が立海を肩に抱え上げた。

「あんまり泣いてると、こうやって連れていくぞ」

「いいです、このまま運んで……ぼく、寒くなってきました」

「みんな、ずぶぬれか。近くに祖父様の別宅があるから、そこで休んでいこう。君、俺の服と靴を取ってきて」

言われたものを持っていくと、靴を履いた龍治が立海を車に運んでいった。砂浜に広げたものをまとめて、耀子はあとを追いかける。

車に近づくと、立海が後部座席に横になっていた。だるいと言って身体を丸めている。助手席に乗るようにと指示され、耀子は龍治の隣に座る。

ゆっくりと車を走らせ始めた龍治が「まいったね」とつぶやいた。


浜松市街へ向かう道を走りながら、月がきれいだから泳いでいたのだと龍治が言った。その口調を聞いていると、自分たちが早とちりをしたようで、必死で叫んだことが恥ずかしい。

振り返ると海は見えなくなっていた。足をくすぐる波の感触を耀子は思い出す。

あの海の向こうには何があるのだろう――。

※

――身体に振動を感じて、耀子は薄目を開ける。

鉄橋を渡る音がした。電車は富士川あたりを走っているようだ。

あれから四年間、少しずつ夢を育てて、外国語大学への進学を目指した。だけど共通一次試験の願書を出せぬまま、今、横浜に住む母のもとに向かっている。

鉄橋の音はまだ続いている。

この下を流れる川の果てにも海がある。それを感じたくて、耀子は窓の外を見る。

電車は橋を渡り終え、目に映ったのは温かそうな明かりがともる家ばかりだった。

第四章

『対の屋』の二階の自室から照子が居間に下りると、鶴子の隣に千恵が並んで立っていた。千恵も耀子のことで相談があるという。

ソファに座り、照子は向かいの席を二人にすすめる。

数時間前に話した折は、ひとまず耀子からの連絡を待つという結論に達したのだが、鶴子はさきほど駐在所に相談の電話をしたのだという。

勝手なことをして申し訳ないと詫びたあと、「少し気になることがあったので」とぽつりと鶴子が言った。

「気になることとは？」

鶴子が隣の千恵に先にどうぞという仕草をした。

「まず……千恵ちゃんから」

千恵が軽く頭を下げた。

「ちょっと前なんですけど、私、農林高校の前で耀子ちゃんが男の人たちと話をしているのを見かけたことがあるんです。結構な年の人と若い人の二人連れ。二人とも背広を着てて、このあたりではあまり見かけない雰囲気の人たちです」

高校の近くにある店に買い物に行ったときに千恵はそれを見たらしく、学校が終わったのなら耀子を車に乗せてやろうと引き返した。ところが戻っていくと耀子の姿はなく、男たちは手持ち無沙汰に校門の前から歩き去るところだったという。

「あとで耀子ちゃんに聞いたら、英語の教材のセールスマンだって言ってたんですけど。今、思うとなんか気になるんです。その若い男、やたらと肩が張った、ぺらぺらした生地の背広を着てました。とてもそんな教材なんて売ってるガラじゃないような。その話を鶴さんにしたら……」

千恵が鶴子に目をやると、鶴子が話を始めた。

「私もどうも腑に落ちないところがあって。耀子ちゃんが玄関に置いていったあのポーチ。あれは耀子ちゃんの大事な物入れです。あんなものをあそこに置いていくなんて、あの慎重な子がよっぽど気が動転していたか……」

少し、ためらったのち、「または否応なしに連れていかれたか」と鶴子は続けた。

「連れていかれた、つまり誘拐されたということ?」

「誘拐とまではいかんのですけど……。何か、ここを離れなければいけない理由があって、離れざるを得なくなったというか。どうにも気になりましたので、駐在さんに電話をしてみたんです。あそこの奥さんはよく知ってる人なんで」

先走ったことをして本当に申し訳ないと、再び鶴子が頭を下げた。

「それはいいから。続けて」

「……そうしたらすぐに駐在さんに代わってくれたんですけど、書き置きがある以上、心配ないだろうって言うんです。家出みたいなもんやけど、お母さんの家に行くんじゃ、家出というのもおかしいしって。やはり様子を見ようって話でした。そうしたら千恵ちゃんが戻ってきまして」

「私、自分の買い物で薬局に行ったら、隣の米屋さんに声をかけられたんですよ。耀子ちゃんが手袋を忘れていったから、渡しておいてくれって」

「どうしてお米屋さんに？」

そうなんです、と千恵がうなずいた。

「必要な分なら配達してもらうだろうし、そもそも、耀子ちゃんには賄いもお弁当もあるから、お米なんて買わなくてもいいはずなのに。そうしたら宅配便を出したっていうんです」

宅配便とは何かと聞くと、これまでは郵便小包やチッキなどで送っていた荷物を、運送会社が配送する新しいサービスが峰生でも始まったのだという。

峰生では米穀店が受け付けをしているそうだ。

「米屋の大将は私の同級生ですが、その子の言うに、耀子ちゃんは自転車に箱を積んで来たらしくて。どこへ荷物を送ったんだろうって私が聞いたら、たしか神奈川のほうだって」

横浜の母親のもとに行くというのは確かなようだ。

それを聞いて照子は安堵する。千恵が決まり悪そうな顔をした。

「そうなんだぁ、って私が答えたら、たしかそうだったと言って、大将が伝票の控えをとてもゆっくり確認してくれました。それで私、横からそれを見てチャチャッと書きとってきたんですけど……」

千恵が紙を差し出した。紙には神奈川県の住所と電話番号があった。

その番号に鶴子はさきほど電話をかけたらしい。

「立ち入ったことをしている気がしたんですけど……。でもいくら賢い子でも、親元に行くとだけ書いて行方をくらますなんて、やっぱり心配です。おあんさんにもいろいろご心配をかけてるわけですから、親御さんにもそれだけは伝えておかねばと思って。でも誰も出ないんです」

「この時間なのに？」

そう言ったあとで、都会と峰生では時間の感覚が違うことに気が付いた。この地で九時過ぎといえば、そろそろ床に入る支度をする頃だが、都会ではおそらくまだ宵の口だ。

すみません、と千恵と鶴子が頭を下げた。

「心配なのはみんな一緒。しかしどうも腑に落ちないことがある」

何でしょう、と鶴子がたずねた。

「間宮さんは耀子ちゃんのお母様をひどく嫌っていた気がするのやけど。お母様のところに行くと言うのは、間宮さんの知らないところで、二人は連絡を取り合っていたということやろか」

それはわかりませんが、と鶴子がためらいがちに口を開いた。

「前に、間宮さん、耀子ちゃんのお母さんにお金を貸したと言っていました。額は言わなかったけど、耀子ちゃんのためにコツコツ貯めてたお金です」

「どうしてやろう」

「耀子ちゃんのお母さんは横浜のほうで商売をしていて。それがうまくいかなくて、このままじゃ一家心中するしかない……みたいな泣き言を間宮さんに言ってきたんです。それで、少し融通してやったなんて話を」

「なんでそんな奴に貸すのヨ！　私は覚えてますよ、耀子ちゃんが常夏荘に来た日を。おなかへらして置いてけぼりにされて」

「置いていったのは親戚の人や」

「お母さんと一緒にいたときだって、あの子は毎晩、一人でお留守番してたって話ですよ。ちっちゃな女の子にそんな寂しい思いをさせるなんて、あの子のお母さんはロクなもんじゃないよ」

涙ぐんでいる千恵に、鶴子がハンカチを渡した。

「千恵ちゃんと似たようなことを私も勇吉さん……間宮さんに言ったんです。金を貸さなきゃ一家心中。人様にそんな脅しをかける衆が実際にやるはずない」

それでもねえ、と鶴子がため息まじりに言った。

「間宮さんが言ってた、万が一のこともあるって。それに、母親のことを耀子ちゃんはお母さんと呼ぶんだって言ってました」

「それの……何がおかしいのやろう？」

「間宮さんは、あの女って耀子ちゃんの母親のことを呼んでたんですけど、耀子ちゃんは今でもお母さんのことをお母さんって呼ぶ……。子どもってのは、どんなことをされても母親のことを憎みきれんというか」

鶴子が小さなため息をついた。

「耀子ちゃんが今もあの女をお母さんと呼ぶ以上、自分の手で母子の絆みたいなもんは断ってはいかんと思ったって、間宮さんは言ってました」

千恵が不思議そうに「でも、それなら」と首をかしげる。

「大学が決まってから、お母さんに連絡取ればいいわけで。それにおあんさん……横浜って横浜市ですよね。その住所は違う市になってませんか？」

「店と住まいは違うということやろか」

「私、もう一度、お電話をしてみます」

時計を見ると夜の十時をまわっていた。

鶴子が電話をかけたら、結果を知らせてくれるように言って、照子は立ち上がる。

窓を見ると、雨が降り出していた。

自室に戻って龍治に電話をかけると、留守だった。受話器を置きながら、何を頼むつもりだったのだと照子は自分に問う。

ちっちゃな女の子にそんな寂しい思いをさせるなんて――。

千恵が耀子の母親のことをそう言ったとき、幼い龍治の姿が心に浮かんだ。

自分の心を支えるので精一杯なとき、子育てをおろそかにした時期がある。この家には人手があったから、自分がそんな状態になったときも誰かが龍治を気遣い、世話をしてくれた。

でも誰も助けがいなかったら？

あの子の母親のように、一人で収入を得て、子どもを育てていたとしたら？

幼い龍治の気持ちを忖度しなかった自分に、耀子の母親を責める資格があるだろうか？

そして大人になった息子に、今さら助けや相談を求める資格があるのか。

ソファに身を預けて外を見る。

窓際に置いたミニチュアのハープが目に入ってきた。

長屋の前を歩いていると、ときどきこの楽器の音色が流れてきた。曲はいつも「きらきら星」や「チューリップ」などの短いメロディだったが、勉強の合間にあの子はよく弾いていた。

長屋から流れてくるそのメロディを初めて聴いたのは、立海が来た年。

思い出すのはいつも、龍治が常夏荘にいた、昭和五十九年の夏だ――。

※

――対の屋を出ると、むせかえるような暑さと蟬の声が迫ってきた。

スワトウのハンカチで額の汗を押さえ、照子は夏空を見上げる。

町がどれほど暑くても峰生は湿度が低くて過ごしやすく、避暑地としては最適だ。しかし今日は暑さがやけに身に応える。

日傘を差して、照子は歩き出した。

汗が出るのは、気温のせいばかりではない。気持ちが高ぶっているのだ。

さきほど龍治の別居中の妻、千香子から国際電話が来た。今、ロサンゼルスにいるのだが、来週に帰国するので、常夏荘に来たいという。

いつ行ったらいいかと千香子に聞かれ、戸惑った。龍治に予定を聞いてほしいと言うと、その龍治自身が照子に聞くように言ったのだという。

そう言われても……とつぶやいたら、「ホントですよね」と千香子が笑った。それほど会ったこともないのに、馴れ馴れしい。

龍治に事情をたずねたくて、内線をかけた。しかし何度かけても話し中だ。しびれを切らして、直接ガレージに行こうと思い立って外に出た。しかしこの年一番の夏日と言われる日差しはとても手強い。

軽く息を整えてから、照子はガレージの扉を開ける。龍治、と呼びかけたが、誰もいない。

真紅の車の脇に立つと、何かを踏んだ。続けざまに足裏に違和感を覚えて、照子は床を見る。

茶色のかたまりが落ちている。お茶の実だった。

あたりを見まわすと、扉の近くにも三粒が落ちていた。

再び外に出てみると、てんてんとお茶の実が地面に落ちている。龍治が何かを運んだときにこぼれたようだ。それをたどって照子は再び歩き出した。

風がかすかに吹いてきた。それに乗って、途切れ途切れにギターのような音色が聞こえてくる。まるで四年前、小学一年生の立海が家庭教師の青井宇明子《うめこ》とともにここにいた頃のようだ。

お茶の実のあとをたどりながら、照子はほろ苦い思いで楽器の音を聞く。

あれはたぶんギターではない。先週、龍治が蔵から出してきた小型ハープ、『ミネオ楽器』の試作品だ。

亡き夫、龍一郎が名付けた幻の社名を思い出しながら、照子はハープの音に耳を傾ける。

あの試作品の音色を聞いたのは、昭和四十年代のことだ。

アポロ宇宙船が月に着陸した映像を常夏荘の居間で見ていた夜更け、東京から電話がかかってきた。

電話の主は龍一郎の父、龍巳で、たいそう怒っているようだ。

電話を終えて戻ってくると、「いやだね」と龍一郎がため息をついた。

「あれだけ詳細な計画書を送ったのに、なかなか父はウンと言わない。それどころか、かえって怒らせてしまった」

「ミネオ楽器の件ですか？」

「けんもほろろ、とは、ああいうことかな。試作の決定版を持っていった間宮君もずいぶん言われたらしい」

龍一郎が部屋の隅にある緑のキルティングのリュックサックを運んできた。

ファスナーを開けると、木製のハープが現れた。

ここ一年、常夏荘には多くの人々がたずねてきて、何度もこの小型ハープの試作品が作られていた。先月、その決定版が完成し、このリュックは子どもたちが持ち歩きしやすいように楽器のサイズに合わせて考案されたバッグだ。

リュックを丁寧に畳んで、照子はサイドテーブルに置く。

龍一郎がハープを膝に載せ、奥から手前へと弦の上で何度も指をすべらせた。

甘く繊細な音色が重なり、響き合う。映画のなかで天使や妖精が出現するときの効果音のようだ。実際、このハープのモデルになったケルティック・ハープの音色は、ケルト人の間で天使が宿る音と言われているらしい。

父の言うとおりさ、と龍一郎が再び弦に指をすべらせる。

「詩や音楽なんて、どうでもいいものだ。腹もふくれなければ、頭も良くならない。だけどそれがなかったら寂しくないかな？　父にそう言ったら、まったく寂しくないと言われてしまった」

龍一郎がテレビを見た。数日前にアポロ宇宙船が月に着陸して以来、テレビは連日、宇宙の話題でもちきりだ。

「父は言うのさ、精神論だけで勝てるものなら日本は負けなかったって。大事なものは客観的なデータと冷静な視点だと。人類を月に押し上げたのは、音楽や芸術の力ではなく、科学と数字の力だって」

龍一郎がハープに目を落とした。

「だけど僕は思うんだよ。お月様にはうさぎがいるよって、母親がおんぶした子どもに言って、唄を歌ってやる」

童謡の「うさぎ」の旋律が流れてきた。

「月に行きたいって科学者たちが夢見たのだって、元をたどれば母親の背中で聴いたわらべ唄かもしれない。だから科学者たちは、月行きの宇宙船にアポロなんて名を付けたんじゃないかな」

「アメリカの人も月にうさぎがいると歌うのでしょうか」

歌わないか、と龍一郎が笑った。

「だけどアポロとは音楽と文芸の神だ。数字のデータと科学が至上であるならば、そんな名前をつけなくてもいいじゃないか」

「ただの十一号でいいですわね」

そうさ、と龍一郎がハープをやさしく撫でた。

「進化を育むのは夢だ。その夢を育むのは芸術だ」

「それで、楽器を作らはるのですか?」

人差し指を立て、「そう」と龍一郎が笑う。「我が意を得たり」という顔だ。

「軌道に乗ったら忙しくなるよ。楽器の量産体制を取るのと同時に、ハープの講師を養成しなくては。それから全国に音楽教室を開く。子どもだけじゃない、大人、特に中高年層にもアッピールしたいな」

龍一郎が美しいメロディを弾き出した。

何という曲かとたずねると、ビートルズの「イエスタデイ」だと微笑んだ。

「音符が読めなくても、ビートルズや映画音楽、好きな歌や童謡を自由自在に演奏できたら楽しくないかい?　大人のハープ教室では誰もが知ってる曲を教えるんだ。たとえば『ハッピー・バースデイ・トゥー・ユー』だとか。ハープを気軽に持っていって、誕生日のお祝いに演奏したり、みんなで歌ったりできたら最高だね」

どこからか鈴虫の声が響いてきた。

いい響きだ、と、龍一郎が立ち上がると、ゆっくりと窓辺に向かっていった。

「龍治はたいそう音感がいいから、この楽器、まずは龍治にマスターしてもらいたいな。この間、電話で言ったんだ。そうしたら彼、『考えておかないこともなくもないです』って。どっちなんだ？　官僚風というのか、お公家風というのか、あのあたりは君のご先祖の血……イテテ、つねらないでくれ。僕は感心してるんだぜ」

窓辺の龍一郎に寄り添うと、腕がやさしく腰に回された。その腕の細さに泣きたくなる。

しかし笑顔を作り、二人で夜の庭を眺めた。

いつか、そのうち。一語一語に龍一郎が力をこめた。

「ミネオ楽器の名が全国にとどろいたら、芸術家たちをここに呼ぶ。空いている長屋がたくさんあるだろう。あれを芸術家の卵たちに提供する。家賃も食費も生活費も何もいらない。ここをアトリエや練習室に使う合間に、集落の人に演奏を聴かせてくれたり、子どもたちに何かを教えてくれたりしたら。食事はうちのキッチンで出すんだ」

「対の屋のキッチンで、ですか？」

そう、と龍一郎が笑った。

「音楽、文学、絵画、演劇、ジャンルは問わない。夕方になると若い芸術家たちが対の屋のキッチンに来て、飲んだり芸術論を戦わせたり。たまにケンカもあるかもしれないな。僕や君や、大人になった龍治が仲裁したりしてさ」

いいだろう、と言われて「いいですね」と答えたら、声が詰まった。

大人になった龍治。この人はその姿を見られるのだろうか。

龍一郎は最近とみに痩せ、膝に載せた楽器が試作を始めた頃より大きく見える。

龍一郎が夜空を見上げた。

「百畳敷で音楽会を開こう。庭にステージを組み、夏休みは日替わりで演劇や野外コンサートをするのも良いいね。騒音など気にしなくていい。夜通しの演奏もＯＫ。日本中から目や耳の肥えた客が峰生に押し寄せるよ。宿も整備する。ミネオ楽器の本拠地、常夏荘はあらゆる芸術の桃源郷になるのさ」

「道が……もう少し広くなりませんと、お客様が……」

この家の先代は湯ノ川で温泉を掘りあてたとき、観光客の誘致を考えていた。しかしそれは道路事情の悪さにあきらめている。

「いずれ広くなる。道も整備する。計画さえ軌道に乗れば」

龍一郎が寂しげに言って、窓を離れた。夢の世界から現実に引き戻したようで、照子は自分の言葉を悔やむ。

龍一郎がぎこちなく歩いていき、長椅子に腰掛けると、胸に手を当てて呼吸をなだめた。

「僕はもう、父の仕事は手伝えない。都会の生活のペースは速すぎて、すぐに息があがってしまう。だけど峰生にいる限りは細々と息ができるよ」

カラフェの水を照子はグラスに注ぐ。水を渡すと、龍一郎がテレビに目をやった。科学者たちがロケットの燃料や点火方法の話をしている。

すごいもんだね、と龍一郎が微笑んだ。

「僕の力は小さくて、点火どころか種火を起こすぐらいまでしかできない。でもいいんだ。きっとみんなが継いでくれる。だから最後の最後まで、自分ができることに命を燃やし尽くすんだ」

月面に着陸した宇宙飛行士の声が流れてきた。

一人の人間にとっての小さな一歩が、人類にとっての飛躍だという言葉を言っている。

「峰生を再び、飛躍させる」

龍一郎が微笑み、試作品のハープを撫でた。

「これが小さなその一歩だ」

あれから何度も夏がめぐり、龍治は大人になったが、龍一郎はいない。楽器会社の起《た》ち上げは進み、工場の建設までこぎつけたが、龍一郎の死後に計画は頓挫した。

かつて龍一郎が野外ステージを作ろうと夢見た庭を、照子は一人で歩く。歩みを誘うように、ハープの音がする。

お茶の実をたどるにつれ、その音は大きくなっていく。どうやら長屋から流れてくるようだ。

長屋の垣根に着き、照子は日傘越しにそっと庭をのぞく。

その光景に見とれた。

洗濯物の向こうに見える縁側に耀子と立海が並んで座っている。二人の子どもたちはミネオ楽器の小型ハープを手にして、楽しげに笑っていた。

亡き夫、龍一郎が見たかった光景だと気付いたら、そこから離れられなくなった。

縁側に座っている二人に気付かれぬように日傘を閉じ、照子は軽く腰をかがめて庭を眺める。

立海は膝の上にハープを置き、左手だけで「きらきら星」を弾いていた。隣に腰掛けている耀子の傍らにも同じ形の楽器がある。

立海が演奏を始めると、耀子はうつむいて手を動かし始めた。手には赤い紐を持っており、布袋に紐を通しているようだ。

立海が同じ曲を右手で弾き出し、音を間違えた。

「こんがらがってきた。左手はいいけど、右手がダメ」

「普通は逆じゃないの？」

不思議そうな顔で耀子が立海の手元をのぞいた。

「ピアノと逆なんだ。右手がね、ピアノは親指がド、人差し指がレ、中指がミって弾くでしょ。でもハープは逆。右手の中指がドで、親指がミ」

「よくわかんない。それよりリュウカ君、弾袋ができたよ。どっちにつける？」

右、と元気よく言って、立海が耀子の前に立ち、キュロットのベルトに弁当箱ほどの大きさの袋を付けてもらっている。

立海が縁側から庭に下り、左の腰から何かを出した。

パチンコ銃だった。

思わず照子は眉をひそめる。パチンコ銃とはＹ字の木の枝にゴムを渡したもので、四年前に奥峰生の少年たちが立海に贈っていた。しかし今、目にしているパチンコ銃はあれよりもはるかに大きく、ずいぶん幅広いゴムが渡されている。

「それではヨウヨ、早撃ちをお目にかけます」

膝をかがめて一礼すると、立海が井戸の脇を指差した。そこにはコーラの空き缶が等間隔で三つ並んでいる。

「テニスのサーブはカラッキシだけどね、これはぼく、龍治より上手になったの。見てて」

右の腰につけた袋にさっと手を入れると同時に、立海が左手のパチンコ銃を構える。瞬《またた》く間に三つの缶が吹っ飛んだ。

すごい！　と耀子が声を上げた。

「どうやって連射するの？」

「ヒミツ。ぼくの武器だから」

「お茶の実でも結構な威力があるんだね」

「あるよ。だから、生き物に向けてはダメって龍治に言われたの。目に当たったら危ないから」

「洗濯物ならいいかな」

洗濯物と聞いて、照子は自分の前方にあるバスタオルを見る。二人の視線がこちらに向いたのに気付いてかがみこむと、立海の声がした。

「では、あそこのタオルを右から撃ったあと、クルッと振り返って、靴に当てます」

そう言うなりパタパタと布に何かが当たる音がした。

日傘を開いて盾にして、照子はしばらくやりすごす。頃合いを見て立ち上がり、危ないからやめるようにと声をかけようと思った矢先、小さな悲鳴が上がった。

耀子の声だった。

思わず立ち上がり「どうしました」と照子は声をかける。

返事がないので、あわてて長屋の庭に入った。振り返った二人が、目を見開いて驚いている。怪我があったわけではないようだ。

それを確認したらほっとして、照子は穏やかにもう一度聞き直す。

「どうなさいました、立海さん。悲鳴が聞こえてきましたけど」

「お花が……」

立海が指差した先に耀子の白いデッキシューズが干してあった。その隣にピンクの撫子の花が一輪揺れている。

「二本、咲いてたのを、ぼくが一本吹っ飛ばしちゃった」

耀子がかがんで、花を拾った。手のひらにのせた花の残骸は原形をとどめていない。

「ごめんね、ヨウヨ」

耀子が小さくうなずいた。

「どうした？　悲鳴が聞こえたけど」

物憂げな男の声がして、照子は振り返る。

緑のキルティングのリュックサックを右肩に掛け、龍治が長屋の庭の戸口に立っていた。

「ぼくがパチンコ銃で、お花をぐしゃぐしゃにしてしまったの」

龍治が庭に入ってくると、花の前にかがんだ。

「龍治、ちょうどいいところに。捜していたのですよ。話があります」

「あとでいいですか？」

「千香子さんのことで」

「それなら、なおさらあとで。……片付けておくことがある。あとで対の屋に行きますよ」

龍治に押し切られ、その場は引き下がった。

ところが、いくら待っても龍治は対の屋に来ない。

遅めの夕食を取ったあと、ソファの背にもたれ、照子は唇を固く引き結ぶ。

鶴子に捜してほしいと頼むと、龍治は蔵にいたという。ミネオ楽器のハープを整理していたそうだ。

今さら、何をする気なのか。千香子のことと一緒にそれも問いただしてみよう。

そう考えたとき、ドアがノックされた。

龍治がミニチュアのハープを携えている。

「龍治、何をしていたの？　……それをどうするの？　そもそも鳴らないでしょう」

龍治が小脇に抱えたハープを見た。

「鳴りませんね。飾り物ですから。でも冷たいね。お父様が死ぬ間際までずっと可愛がっていた物を蔵に放り込んだままにして」

見たくなかったのだ。心のうちで照子は思う。

見たら、あとを追いたくなった。幼い龍治を残して。

大人になった龍治が向かいのソファに腰掛けた。

先に用件を話せという意味のことを龍治が言っている。丁寧で柔らかい口調なのに、命令されているように聞こえるのは、自分の心持ちのせいだろうか。

蔵のハープをどうするつもりなのかと聞くと「どうもしません」と返事が戻ってきた。

「彼女にお父さん……裕一先生の楽器を渡してやりたかっただけ。でも僕も一台だけ、試作品を持っていこうと思っています」

「どこへ持っていくの？　東京へ？」

答えずに龍治が、ミニチュアのハープを窓際に置いた。

「千香子さんのことは……」

「これ以上、婚姻関係は継続できない。そう伝えて、書類を送りました。無理なんです」

何が無理なのかと聞くと、「抱けません」と言われた。

あまりに直接的な言葉に、黙った。すると再び龍治が「抱けない」と繰り返した。

「気持ち悪くて」

「そんなことをあなた、千香子さんに言ったの？」

「言いました。二人でいるようで、僕らのベッドにはたくさんの人がいた。そう伝えたら、千香子は納得しましたよ」

「何を言っているのかわかりません」

龍治が煙草に火を点けた。

「そんな説明で皆が納得するとお思い？　同じ事をお祖父様に言えますか」

龍治が煙草の煙を吐いた。

「言いました。昨日、電話で。もっと直接的な言葉で説明した」

「そうしたら、なんと？」

「死ね、と言われました」

なんてこと、とつぶやいたら、怒りがわいてきた。

何の権利があって、あの男は龍治に死ねと言うのだろうか。

「そんな言葉、真に受けてはいけませんよ」

「同じようなことを昔、聞いたことがある。立海君の母親にもあの人、そう言っていましたよ」

「龍治、何を隠しているの」

背中を向けて、龍治が言った。

「前にも一度言いましたけど、本音と建前という言葉があるではないですか。この家で真実を語ったら誰も正気でいられないと思いませんか？　あなたも僕も立海君も」

「立海さんに何かあったの？」

泣いていました、と龍治が庭を見下ろした。

「下屋敷の子にあからさまなことを言われて。ぼくの家は変だ、おかしいって。彼なりにずっと我慢していたところを突かれて、崩壊の一歩手前……でも建前を押し通していく限り、たぶん割れない」

「あなたが何を言いたいのかわからない」

「そうでしょうね。僕も奥歯に物がはさまったような言い方だと思います」

千香子のことから話をそらせようとしているのを感じ、照子は龍治の背を見つめる。

「建前……そうかもしれないけれど……だからこそ本音を言い合える相手を作ること。互いに唯一の味方になれること。それが結婚というもの。お父様とうちも結婚してから信頼関係を築いていった。最初の結びつきがどうあれ、そこから……龍治、聞いて」

龍治が窓を開けて、煙草の煙を外へ逃がした。

「聞いていますよ」

「千香子さんの煙草がいやだと言っていたけれど、言えば、やめるでしょう」

龍治が振り向いて、微笑んだ。その笑みで、煙草は本音を隠す建前なのだと悟った。

窓辺に置かれたハープが鳴った。龍治が手を伸ばして、弦に触れている。

「僕はこのハープのこと、よく覚えています。お父様のベッドの脇にいつも飾ってあった。死ぬまでずっとこれを眺めて、撫でて、抱えて」

ミネオ楽器、となつかしい名前を龍治が口にした。

「あれほど精魂傾けて軌道に乗せようとしたのに、お父様が死んだあと、あなたは何もしなかった。家に引きこもって泣いていただけ」

ハープを見ていた龍治がこちらに視線を向けた。

「僕は覚えています。裕一先生……間宮さんと言うべきかな。彼やミネオ楽器を起ち上げようとしていた人々が、あなたに話を聞いて欲しいと何度も頼みにきたのを。だけどあなたは彼らの話を一切、聞こうともしなかった」

「何ができたというの？」

かつてこの常夏荘には女、子どもが立ち入れない「表」という場所があり、木材や生糸に関わるすべてを取り仕切っていた。近代化に伴い、それは会社という形に姿を変えたが、そこから生み出されるもので、「裏」にいる女と子どもたちが生活していることに変わりはない。

「裏」にいる女が、庇護を与えてくれる「表」に対して何ができるというのか。

「うちに何ができたというの、龍治」

「あの人たちはあなたに口添えを頼んでいただけです」

「うちの口添えで計画が存続できるような、そんな甘いものではないでしょう」

「甘くはないです」

龍治がハープに再び手を伸ばした。長い髪が顔にかかって、表情は見えない。

「ただ、祖父様が、親父様というべきでしょうか。あの人が唯一、譲歩する相手はあなたなんです。正確に言えばあなたの血筋と背後に流れている歴史に譲歩する」

「何を言っているの、龍治。わかるように話して」

「もしもあなたがあのとき、ミネオ楽器存続のために声を上げていたら、いろいろなことが今とは違っていた。これが大人になって、当時の記録をたどった僕の感想です。そうしているうちにわかってきた。僕にはやはりこの家の仕事、家業は性に合わない。自分を殺していけばなんとかやれるでしょうが。彼女の父親のように」

「どなたの?」

答えずに、「千香子に」と龍治が言葉を続けた。

「彼女に唯一、惹かれるところがあったとしたら、自分の欲求に正直で貪欲なところです。彼女は泣いて引きこもるぐらいなら、暴れてすべてをぶちこわす。互いに味方になれていたら、どれほど心強かったかと思いますよ」

「それで、どうするおつもり? 離婚して」

「とりあえずここを出ます。明日か明後日には。それからしばらく国外へ」

「どこへ行くの」

「落ち着いたら連絡しますよ」

生きていけるのかと聞くと、「もちろん」とうなずいた。

「多少贅沢を慎めば、何をやっても生きていけます。ありがたいことに海の向こうのものをありがたがる風潮はこれからも続く」

龍治が窓辺から戻ってくると、シャツの胸ポケットから何かを出した。

金色の指輪に薄紙が結わえられている。神社の境内で見かけるおみくじのようだ。

「無為な時間を過ごしたことで思わぬ発見をしました。きっと、何かの折にあなたに贈りたかったのでしょう。このハープのなかに入っていました」

薄紙を広げると、龍一郎の筆跡が目に入った。

君に寄す、と声に出したあと、照子は黙る。美しい筆跡で、詩が二行書かれていた。一行目の言葉に見覚えがある。


『清き瀬の里、揺れる撫子』


龍一郎の晩年、最後に二人で外出した日のことを思い出す。この詩の続きが浮かばないと笑って、彼は花のなかに寝転んでいた。

二行目は、その続きだ。


『花のかんばせ、麗しき風のすみか』

詩が結わえられていた指輪は唐草と五弁の花をかたどった金の透かし細工が施されている。唐草と花の組み合わせは風に揺れる撫子のようだ。

「これが……そのハープのなかに？　教えて、龍治。どこにあったの」

「サウンドホールと呼ばれる穴のなかに……あなたのことしか詠っていない詩ですね」

龍治の声に照子は顔を上げる。

そうではない。あのとき龍一郎は、龍治にもこの景色を見せてやりたいと言っていた。

『なでし子、めぐし子、いとしき子

触れて撫でたくなるような、愛しき君よ』

友人が作った詩を暗唱しながら、彼は東京に残した、愛しいなでし子のことを思っていたはずだ。

「龍治……違うの。お父様はね、あなたのことを……」

「別に構わないのです」

淡々と言うと、龍治がドアへ向かった。

「ただ、僕はやはり、ここが好きになれません」

龍治が部屋を出ていくのを、照子は見送る。

指輪を握りしめて窓辺に寄ると、龍治が対の屋を出ていくのが見えた――。

※

――内線の呼び出し音で照子は我に返る。

千香子と龍治は四年前のあの翌月に離婚が成立し、龍治はそれ以来、遠藤家の援助を受けずに暮らしている。千香子は離婚後に再び渡米し、現地で再婚したという話だ。

鳴っている電話をぼんやりと眺めていたことに気付き、照子は受話器に手を伸ばす。

鶴子の声に続いて、龍治の声がした。

「何事ですか？　電話をよこしたでしょう？」

何から話していいか、と照子はつぶやく。思いついたことからまず話せと龍治が言い、最後にぽつりと付け加えた。

「具合でも悪いのですか？」

その声を聞いた途端、目に熱いものがこみあげてきた。心が行き違った母子だとしても、絆を断たずにいれば、こうして話もできる。

耀子が母親を「お母さん」と呼ぶ限り、絆を断ってはいけない。そう思った間宮の気持ちが、切々と胸に迫ってきた。

第五章

夜が更けるにつれ、電車に乗ってくる客のなかに酒の臭いがする人が増えてきた。隣に座った若い男の酒臭さに、耀子は一瞬、えずきそうになる。あわててハンカチで押さえると、男が横目で見て舌打ちをした。

その舌打ちの音にたまらなくなり、腰を浮かせる。しかし車内が混み始めてきたのを見て、再び座った。

両腕で自分を抱えて、耀子は身を硬くする。

酒の臭いを嗅ぐと、吐きそうになるのはつい最近、先月のあの夜からだ――。

※

――遠藤家の一族が先月、常夏荘に集まった。遠藤林業の創立百周年の記念式典に列席するためだ。式典のあとには宴会があり、その折に長年、山の管理をしてきた祖父を偲ぶ会も開いてくれるという。

四年前の七夕祭りのときと同じく、彼らは早朝からゴルフに出かけたあとは湯小屋でくつろぎ、百畳敷で宴会をしていた。警備会社から派遣された警備員がいたから、一族以外にも偉い人が来ていたようだ。

宴会に来た客のもてなしは東京から親父様が連れてきたスタッフがすべてを担当し、対の屋の照子のもとで働いている人々はいつもと変わらぬ仕事をしていた。ところが夜遅くになって、母屋にいるスタッフから長屋に内線がかかってきた。人手が足りないので、湯小屋の掃除をしてほしいのだという。

照子に付き添って母屋にいた鶴子も掃除に向かったと聞き、あわてて湯小屋へ走った。最近、鶴子は関節痛がひどく、かがんで湯船を掃除するのはきつい仕事だ。

湯小屋に着くと、「清掃中」の札はかかっていたが、鶴子はいなかった。そこで脱衣場に散らかったカゴをとりまとめ、板間に掃除機をかけようとした。

その瞬間、電気が消えた。ブレーカーが落ちたのかと思ったとき、暗がりのなかで後ろから抱きつかれた。

悲鳴を上げようとした口は、濡れたタオルで押さえられ、床から足が浮いた。酒臭い息が耳の後ろにかかり、まわされた腕が熱く濡れている。相手は風呂上がりで、裸だ。

浴場に連れ込まれようとしているのに気付き、闇雲に手足を動かすと、足が床に着いた。その拍子に力一杯身をかがめて、濡れた腕にかみつくと、壁に叩きつけられた。

手間取らせるな、と男の声がした。

声を上げようとしても、息しか出ない。立ち上がれず、半ば這うようにしてドアへ向かうと、後ろから来た手がスカートにかかった。

手近にあったモップをつかんで振り回す。男の手がはずれた。

必死でスカートをたくしあげ、湯小屋の外に出る。そのまま坂を駆け上がり、長屋に戻った。

部屋に入ると身体が震えてきた。裸の男が浴室に連れ込んで何をしようとしたか。それがわかった途端、歯が鳴りだした。

怖い。一人でいるのが。

耀子ちゃん、と家の外から鶴子の声がした。震えながら長屋のドアを開けると、宴会のおさがりをもらったから夜食にしろと言って、鯛飯を俵形に結んだものをくれた。

がんばって勉強しなさいと笑っている。

お風呂の掃除は……と震えながら聞くと、「掃除？」と鶴子が不審そうな顔をした。あそこはまだ使っている人がいるから掃除は無理だと言う。

使っている人がいる――。足から力が抜けそうになった。

それなら、あの電話は何だったのだろう。

どうしたの？　と鶴子がたずねた。

鶴子の背後から誰かが声をかけた。明日の朝のことで相談したいことがあるので、大至急、母屋に来てほしいのだという。

その声に返事をしながら、再び鶴子が心配そうに、どうかしたのかと聞いた。

行かないでほしい。しかし湯小屋で起きたことを言いたくても声が出ない。

鶴子が去って一人になると、食べ物の匂いに吐いた。耳の後ろにかかった息の酒臭さを思い出すと、その部分を何度もタオルでこすってしまう。

その翌日、祖父を偲ぶ会に招かれ、奥峰生の遠藤林業に行った。

照子に伴われ、遠藤林業のクラブハウスに入ると、祖父と働いていた人たちの上座に、本家、上屋敷、下屋敷の男の親族たちが座っていた。

湯小屋の男がこのなかにいる。あのとき聞いたかすかな声は湯が湧く音にまぎれ、年齢がわからない。

「手間取らせるな」と言ったのは、いずれ「そうする」という意味だ。

それに思い当たると、この一族の援助を受けていくことが怖くなった。だけど言えない。特に東京の大学に進学させようと、心を砕いてくれる常夏荘の人々には。


電車が駅に停まり、酒の臭いをさせた男が降りていった。

開いた電車のドアから、冷たい空気が入ってくる。かすかに震える膝を手で押さえつけ、耀子は心のなかで呼びかける。

神様、小さな神様……。

いつだってそう思うと、紫の着物に水色の被布をつけた姿が心に浮かぶ。

背守の糸をなびかせ、笹飾りのトンネルを走っていく幼いあの姿を思い出すと、どれほど緊張していても、心が静かに落ち着いてくる。

だけど、小さな神様に、この手はもう届かない。

四年前のあの夏、山へ行った日を最後に――。

※

――立海がパチンコ銃で撫子の花を撃ち落とした日の夜、縁側で涼んでいると、龍治が庭に現れた。

祖父が泊まりがけの仕事に出ていることを聞くと、龍治は残念そうな顔をした。明日の夜には帰ってくると伝えると、これから常夏荘を出ていくのだという。

「間宮さんがいたなら、君のお父さんに手を合わせていこうと思ったのだけど」

「どうぞ、上がってください」

龍治が首を横に振った。それから少し考えると、渡すものがあるからこのまま縁側にいるようにと言った。

言われたとおりに縁側に座っていると、すぐに戻ってきて、『オリーブ』と英語のファッション雑誌を十冊渡してくれた。もし興味があるのなら、もらってくれという。

英語の雑誌には美しい服や風景の写真がたくさん載っていた。写真の美しさに夢中になってページをめくると、英語が好きなのか、ファッションが好きなのかと龍治がたずねた。

よくわからないけれど、見ていると楽しいと答えると、龍治が微笑んだ。

その笑みを浮かばせたのが、自分の言葉なのだと思ったら、胸の鼓動が速くなった。

龍治が縁側に腰掛け、大きくなったら何を勉強するのかとたずねた。

「学校の成績がとても良いと、鶴子から聞いたけど」

「私……私のことですか？」

龍治がうなずくと、かすかに良い香りがした。深い森や澄んだ水を思わせる、清冽な香りだ。

「君のお父さんが言っていたよ。ここから出るには実学をするのが一番だと」

「実学ってなんですか」

「法律や経済。医学も良いかもしれないね」

「医学、ですか」

「理数系は苦手かい？」

苦手なのは体育だと言うと、「それはなんとなくわかっていた」と龍治が答えた。

テニスのことを言っているのに気付いて、恥ずかしくなる。立海は龍治とのラリーが続くようになったが、自分はボールをラケットに当てるのが精一杯だった。しかしどれほど変な位置にボールを打っても、龍治は可能な限り追いかけ、打ちやすい場所にきちんと返してくれる。

近寄りがたいのに、一緒にいると誰よりも近く感じる。それが不思議だ。

法律か経済、医学方面に進めと、龍治が繰り返した。将来、遠藤育英会の奨学金をかちとるのなら、男子の生徒が有利だが、これからの時代、実学であれば女子も男子と互角の勝負ができると言う。

「もっとも……その奨学金を受けたことが、お父さんの将来を縛ったのかもしれないが」

「どういうことですか？」

「感性が鋭い人は生きづらいんだ」

龍治が縁側に手を突き、長屋の建物を振り返る。

「俺みたいにふてぶてしければ、それを仕事にできたけど」

「龍治様はふてぶてしいんですか？」

俺？　と龍治が聞き返して、庭に視線を戻す。まるで友だちのような言い方だ。

「ふてぶてしいね。器用なだけで、たいした才能はない。右から左に物を移すだけ、誰かに何かを紹介するだけ。それだって仲間うちで仕事を回しているだけで……感性が鋭いつもりでいるけど、本当のところは怪しいものだ」

龍治が立ち上がった。

「テニスにハープ。君のお父さんが俺に教えたことは伝えたからね。君は、自由に生きるんだよ」

自由？　と聞いたら、龍治が星を見上げた。

「学べ。誰にも負けない力を身につけろ。そうしたら君は自由になれる。天の花にも手が届く」

「天の……花？」

顔を上げると、龍治が優しい目で見下ろしていた。黒い服が夜に溶け込み、この人自身が天の花のようだ。

龍治が歩き出した。

縁側を下り、あわててあとを追うと、「見送らなくていい」と静かな声がした。

「どこへ行かれるのですか」

「決めていない。小さな叔父さんに挨拶してから考えるよ」

翌朝、赤い車は消えていた。立海によると、龍治は煙草を三箱、ダッシュボードに放り込むと、たいした荷物も持たず、ドライブに行くような気軽さで去っていったのだという。

龍治が去った二日後、がらんとしたガレージの床を耀子は掃く。今朝早く、大型トラックと大勢の人々が来て、龍治の荷物は瞬く間にどこかへ運び去られてしまった。

掃除を終えて長屋に戻ると、縁側に立海が座っていた。

かたわらに大小のリュックサックが置いてある。大きなものはハープで、小さなものはこの間、鶴子が作って立海に贈ったものだ。

「リュウカ君、どうしたの？　そのリュック」

「あのね、この間、ぼく、お花を吹き飛ばしちゃったでしょ」

「もういいよ、わざとじゃないいんだし」

うーん、と立海がうなった。

「あんまりよくない。だって、あれ、じいじがくれた苗をヨウヨが育ててたんでしょ。ぼく、その苗を取ったところを知ってるの。取りにいこうよ」

どこ？　と聞くと、奥峰生だと立海が山の奥を指差した。

「お山をちょっと入ったところ。遠藤林業の人以外は絶対入っちゃいけないところだよ」

「ダメじゃん、そんなところに入っちゃ」

「ぼくはいいんだよ」

そうか、と耀子は納得する。この一帯の山はほとんどが遠藤一族の私有地だ。

〝本家の立海さん〟が入れぬ場所はない。

今さらながらそれを実感して、しみじみと立海を見た。しかし立海は無邪気に笑っている。

「ねえ、ヨウヨ。これからそこへ行って、苗を取ってこようよ。お花も摘もう。行かまい!」

「行かまい、って言いたくなるけど、すぐに行ける所?」

立海がリュックから小さなノートを出した。

「バスが出てるでしょう。終点で降りたら、その脇に道があるよ。そこから、ちょっと歩くだけ。ぼくは昔、うーんと小さかったけど、それでも歩いていけたから遠くないよ。昨日、じいじにそのときの話をしたの。そうしたら、ほめられた、よく覚えてますねって」

立海がうれしそうにノートのページをめくる。

「ちゃんと目印も確認したよ。行こう。それにぼく、ハープで実験したいことがあるんだ」

何? と聞いたら、「ヒミツ」と立海が得意気な顔をした。

面白そうだが、照子は法事で鶴子とともに名古屋に行っており、千恵は明日の食材の仕入れに出かけている。

「リュウカ君、今日は誰も大人がいないし、今度にしようよ。それに、お山に入るなら、一回、おじいちゃんに相談したほうがいいよ。ちょうど今、奥峰生にいるけど……」

うーん、と困ったような声を立海がもらした。

「じいじはダメって言うと思う。女の人は入っちゃいけないところだから」

「じゃあ、ダメだ」

「もう、ヨウヨったら！　龍治と海に行くのはよくて、ぼくとお山に行くのはどうしてすぐにあきらめちゃうの？」

「あきらめたわけじゃないけど……」

立海がぷいっと横を向く。

「バスの時間もしらべたよ。おやつも用意した。ヨウヨはウンって言うだけでいいの。あ、ごめんね、それからこのリュックもせおって」

「私が背負うの？」

「軽いよ、おやつしか入ってないから」

ぼくはこっちを持つから、と立海がハープが入ったリュックを背負った。楽器は軽いが、立海の背には大きく見える。

「じゃあ、私がハープを持つよ」

いいよ、と立海が歩き出した。後ろから見るとリュックが亀の甲羅のようだ。

「待って、リュウカ君。私、まだウンって言ってない」

「意地悪しないで！　行くって言ってよ。行こう、ピクニック。ぼくだって、いいトコロ、見せたいんだよ」

いいトコロと聞いて、思わず笑ってしまった。

それならいつも見ているのに。

「じゃあ、千恵さんと鶴子さんに置き手紙をしていこう。みんなが帰ってきて、私たちがいないと心配するから。それでいい？」

立海が顔をしかめた。

「お手紙？　なら、ぼくが書いてくる。そうだ……じゃあヨウヨはその間にズボンをはいて。スカートだと危ないからね。じゃあ待ってて」

縁側にリュックを置き、立海が走っていった。

急いで部屋に入り、耀子は水色のサブリナパンツを穿く。麦わら帽子をかぶって、キャンバスのデッキシューズに足を入れると、ピクニックという言葉に心が弾んできた。

手紙を残してきた立海と合流し、歓声を上げながら、常夏荘の坂を下って湯ノ川を渡る。二人して停留所に駆けこむと、車体を揺らすようにして小さなバスが近づいてきた。

立海が幼い頃に行ったという、撫子が咲く場所への山道は、奥峰生行きのバスの終点の停留所から始まっていた。

その停留所は『奥峰生折り返し場』という名前で、車両が方向転換できるようにアスファルト敷きの広場が設けられており、片隅にはトイレと屋根付きのベンチ、公衆電話がある。

バスを降りると、ひんやりとした空気が漂ってきた。奥峰生は木々の香りが峰生よりも濃く、水が豊かだ。折り返し場の隅に、岩間から水が湧き出て、細い滝を作っていた。

冷たくておいしいと、その水を手で受けて飲んでいる立海を見つつ、耀子は公衆電話から常夏荘に電話をかける。

千恵が帰っていたら、奥峰生にいることを話しておこうと思った。しかし誰も出ない。

気に掛かったが、立海が四、五歳の頃に出かけた場所なら、それほど遠くはない。おそらく日が暮れる前には帰れるはずだ。

立海と並び、耀子は山道へと足を踏み入れた。

ほんの少し山に入っただけで、あたりの空気が変わった。緑の葉が作ったばかりの、新鮮な酸素が森のなかに満ちている。

軽く手を広げ、耀子は澄んだ空気を思いきり吸い込む。

道の先には枝葉を整えられ、天へ垂直に伸びている木々がどこまでも続いている。足元に目をやれば、木々の根本に白い花がたくさん咲いていた。峰生でもよく見かける花だが、木陰にあると白さがいっそう際立って見える。

やがて道が細くなり、少し険しくなってきた。人があまり通らないのか、草が深い。傾斜も強くなり、振り返ると奥峰生の集落が小さく見えた。

心配になってきて、耀子は先を行く立海に声をかける。目的地まであとどれぐらいかと聞くと、あともう少しという。

迷っているのではないかと聞くと、「大丈夫」と立海が答えた。

「でもリュウカ君、私たち、ずいぶん歩いてない？　もう一時間ぐらい歩いている気がするよ」

「一時間も歩いてないよ」

楽しげな声がして、立海が腕時計を見る気配がした。

「えっとね……今、四十八分五十二秒。あっ四十九分になった」

「それってほとんど一時間じゃないかな。前に来たときも、こんな急なところ歩いたの？」

うーん、と決まり悪そうな声がした。

「ほんとのこと言うとね、ぼく、そのときはおんぶしてもらったり、手をひいてもらったりしたの。ヨウヨのじいじや山の人たちに」

「やっぱし……」

立海が足を止めて振り返った。

「そんなふうに言わないでよ。あと、もう少し。あそこの階段を上がればゴールだから」

「階段？　階段って、えっ……あんなのを上るの？」

立海が指差した先には、たしかに石畳の階段があった。しかしそれはかなりの急勾配で、どこまでも上に続いて見える。

「リュウカ君、あれ、急すぎない？」

「でもね、上ると、すごくいい景色なんだよ」

引き返したいが、立海の足取りはとても力強い。一人で行かせるわけにいかず、仕方なく耀子は立海のあとに続く。

遠くに見えたのに、立海の背を追っているうちに、階段はすぐに目の前に現れた。

立海が言う『ゴール』への階段は、横木で土留めをしただけの簡単なものだった。横手には鎖の手すりがあるが、赤く錆びていて、段の途中で切れている。

立海が階段を上り始めた。傾斜の強い段を踏みしめるようにして、慎重な足取りで歩いていく。ヨウヨ、と前から声がした。

「この階段ね、途中で振り返っちゃダメだよ。足がふるえて、動けなくなるんだ」

「ねえ、リュウカ君、危ないよ。やめようよ」

振り返るなと言ったくせに、立海が振り返った。

おいでよ、と明るい声がした。

「ヨウヨに見せたいものがあるんだ。大丈夫だって。ゆっくり上がれば」

「リュウカ君、足……震えないの？　振り返ったら動けなくなるって言ったばかりじゃない？」

「ぼくはふるえないよ。山はこわくないいんだ」

階段に腰掛けて、立海が微笑む。やさしく笑っているのに、どこか不敵な表情だ。

手をついてゆっくり上ろうと立海が提案し、四つん這いになって段を一つずつ上がってみせた。それから再び振り返ると、階段に座った。

「ね、これなら、こわくないよ」

まるで年下の子をあやすような口調だ。仕方なく、耀子は階段に手をつく。

地面に膝をつき、ゆっくりと段を上がった。

顔を上げると、立海も同じようにして膝をついて進んでいた。しかしその動きはたいそう軽やかで、大きなリュックがリズミカルに揺れている。

それを見ているうちに、自然と階段を上るスピードが上がってきた。

手足を動かすことだけに集中して、耀子は段を上がり続ける。

頭上から「到着！」と声がする。

着いたんだ、と思ったら、後ろから悲鳴のような声がした。

振り返ると、鳥の鳴き声だった。その拍子に背後の光景が目に入り、耀子は息を呑む。

気が付けば、ずいぶん高いところにいた。校舎の四階ぐらいの高さだ。そう思ったとき、階段の形をしているが、ここは崖《がけ》で、自分は切り立った崖を素手でよじ上っているのだとわかった。

地面をつかんで耀子は身をこわばらせる。

あと少しで上に着く。そう思ったがどうしても手足が動かない。

めまいのようなものがして、身体が揺れ始めた。今、動いたら、バランスを崩して落ちてしまう。上がることも下がることもできず、地面に額をつけ、耀子は目を閉じる。

ヨウヨ、と声が降ってきた。

「顔を上げて、ヨウヨ」

黙っていると、再び声がした。

「顔を上げて、ぼくのほうを見て」

かすかに顔を動かし、目だけで耀子は上を見る。階段の上から立海が顔をのぞかせていた。

「こわくないよ。ぼくだけを見るの。ほら」

腹ばいになった立海が手を伸ばした。

「こわくない。あと少し。あと少しだけ、ぼくのほうに来て」

立海がうんと手を伸ばしてきた。

大丈夫、と答えて、耀子は地面に指をめりこませる。

あの手をつかみたい。だけどそうしたら、もしものときに、立海を道連れにしてしまう。

それだけは絶対いやだ。

立海を見上げた。黒目がちの瞳がうるんで、こんなときでも見とれてしまいそうにきれいだ。

「リュウカ君、私、大丈夫。手をひっこめて。危ないから」

「ぼくも大丈夫だよ。信用してよ」

立海が悲しそうな顔をした。その表情を見たら、手足に力がみなぎってきた。

なんて顔させたんだ……。

地を這うようにして耀子は少しずつ身体を動かす。

最後の段に手をかけたとき、立海の声がした。

「ヨウヨ、顔を上げて」

顔を上げると、視界一面に薄桃色の雲が広がっていた。花だ、と気付いたとき、立海が両手を伸ばし、リュックの肩紐をつかんできた。

力強く引かれて、立海に重なるようにして耀子は頂上に倒れ込む。

崖の頂上は平地になっていた。明るい日差しが降り注ぎ、撫子の花が揺れている。

身を起こして、耀子はあたりを見渡す。

教室ほどの広さの原っぱには、柔らかな草がしげり、薄桃色の撫子が一面に咲いていた。

奥には大きな木が一本あり、濃い影を地面に落としている。

立海が立ち上がり、額についた泥をはらってくれた。続いて肩のあたりについた泥も同じようにして落とすと、手を差し出した。

信用して、と言われたのに、さっきは立海が伸ばした手をとらなかった。

おわびの思いをこめて、耀子はその手をしっかりとつかむ。

立海が笑い、軽く手を引いた。そのまま一緒に走り出す。

花のなかに、テーブルのような平たい石が見えてきた。その手前で立海が足を止めた。

「ここから先はあぶないから、進んじゃだめだよ」

どうして、と言いながら立海の隣に並び、耀子は言葉を失う。

波のように連なる山々の間に、集落が小さく見えた。まるで天から見下ろしているようだ。

「ここ、ほんとに崖なんだ……」

耀子がつぶやくと、隣で立海がうなずいた。

「でもね、ぼく、前に来たとき、崖っていうより、お城のバルコニーみたいに思えたの」

立海がつないだ手に力をこめた。

「ぼくら、ここまで来られたね」

ふもとから風が吹き上がり、髪が揺れた。水が湧いているのか、どこかから水音がする。

「ここと似たところが常夏荘の裏にあるんだって。そこにも撫子があるらしいけど、ぼくは行ったことがない。門にかぎがかかっていて」

「裏って、あの丘の上?」

常夏荘の裏手には丘があり、そこへ行く道には鍵付きの門がある。以前、照子がそこを通って丘へ上がっていくのを見たとき、何があるのかと祖父にたずねたことがある。祖父は少し黙ったあと、使用人が入ってはいけない場所だと答えた。

「あの丘へ行ったら、花があるかもしれないけど、ぼくはどうしてもこっちに来たかったの。だってここが峰生の始まり、ぼくらのルーツだから」

ルーツと聞き、撫子に囲まれた石を見ると、峰生の伝説『星の天女』に出てくる男の墓に思えてきた。

峰生に降りてきた星の天女は天に帰らず、男と末永く暮らしていく。やがて男の寿命が尽きたとき、永遠の命を持つ天女は姿を消してしまった。そのかわり男の墓を埋め尽くすようにして、星の形をした花、撫子が咲いたという。

天女は小さな花となり、この地を守ることを決めたのです――。

祖父が語る伝説には、いつもその言葉が入っていた。そして最後は、遠藤家の紋であり、山の人々が魔除けにつける印でもある、撫子紋の話で締めくくられる。

星にも似た花のご紋は天女の加護の証、と。

「私、ここに来てよかったのかな？」

なんで？　と立海がこちらを見た。

「だって、ルーツって……ここは遠藤家のご先祖の大事な場所で、私は……」

使用人という言葉が言えず、耀子は黙る。

古めかしい言葉だと思うが、祖父は長屋に住む自分たちのことをそう言っていた。

ぼくらのルーツだよ、と立海が強い口調で言い直した。

「ぼくは山をつぐ。間宮のじいじはその山を守ってる。ぼくらは山の子だ」

どこから見ても都会的な立海がそう言うと、山の子ではないよ、と言いたくなる。

だけど、二人で並んで山々を見ていると、その言葉にうなずいてしまった。

遠い昔から、立海とこうして景色を見ていたような気分だ。

「ヨウヨ、ぼくのおわびの気持ち、わかってくれた？」

「おわびしなくても、最初からなんにも怒ってないよ」

立海がまた笑った。

「わかってるけど。ヨウヨはやさしいって知ってるけど。でもね、ぼくの気持ちがモヤモヤしたの。だからもうひとつ、おわび。おやつを作ってきたよ」

手を洗ってから食べようと、立海が大きな木の陰に歩いていった。

そのあとをついていき、耀子は歓声を上げる。

木陰の先には大きな岩があり、そこから清水が流れ落ちていた。ほとばしる水のしぶきが白く輝き、水晶の柱のようだ。

「ここ、すごいね、リュウカ君」

「ぼくね、天国ってこういう所じゃないかって思ったの。お父さまにそう言ったら、笑ってたけどね」

『親父様』こと、龍巳の顔を思い浮かべて、耀子は黙って手を洗う。

怖い顔をしたあの人が笑う姿はとても想像ができなかった。


土や苔で汚れた手を冷たい水で洗うと、立海が大きなリュックからハープを出し、花のなかに置いた。続けて小さなリュックからおやつを出してくれた。

対の屋のキッチンでこっそり作ってきたというホットドッグだった。

千恵特製のケチャップがこんもりと盛られて真っ赤に染まったホットドッグは、不気味な外見だった。しかし、立海にすすめられ、思いきり大口を開けてひとくち食べてみる。プチン、と音を立てて弾《はじ》けるソーセージに、常夏荘のハーブの香りがするケチャップがたいそう合い、夢中になって食べてしまった。

おやつを食べた後、木陰で少し休んだ。

それから対の屋に飾る花を摘み、長屋の庭用に撫子の花を数本、根ごとビニール袋に入れた。

そろそろ帰ろうと声をかけ、耀子は花々を小さなリュックに納める。

立海を見ると、ハープを見て考えこんでいた。

どうしたのかと聞くと、照れくさそうにハープに触れた。

「このハープね、景色のいいところに持っていくと、シャラランって自然に鳴るんだって。龍治が言っていたけど」

二人でハープをじっと見る。まったく鳴らない。

鳴るはずないよね、と立海が笑い出した。

「ぼく、からかわれたのかな」

ハープのそばにかがんで、耀子は弦に触れる。龍治が嘘をつくとは思えないが、勝手にハープが鳴るなんて奇妙な話だ。

からかわれたんだ、と立海が花のなかに倒れ込んだ。

「イッパイ、くわされた。せっかくかついできたのに。あっ、月だ……」

見上げると、空に白い月がかかっていた。

明るい日差しに包まれ、二人で月と花を眺める。立海の言うとおり、ここは天国、薄桃色の美しい雲の上にいるようだ。

星は天の花、花は地の星、と立海がつぶやいた。

「なあに、それ？　詩？」

「昔の人の詩。前にこんな月を見たとき、龍治が教えてくれた」

「天の花……」

天の花とは、星のことだったのか。

「ええっと……『みそらの花を星と言い、地上の星を花と言う』かな？　星と花は実はおんなじ。咲く場所がちがうだけ。地上の花が天にほほえみかけると、天の花もほほえみ返す。それが星のまたたき……とか。あと、星の天女がともした夜空の光は、朝になると花に宿って地を照らす、姿はちがっても光はいつも、ぼくらと、ともにある、とか。そんな感じのこと言ってた」

「よく覚えてるね」

「だから、何もこわがらなくていいんだって。龍治の言葉はカッコいい。だから、がんばって覚えた。上屋敷の辰美と下屋敷の由香里はキザっていうけど」

「どうしたの？」

立海が立ち上がり、ハープを抱えた。

「ハープにもうちょっと景色をみせてくるよ」

ハープを抱えた立海が崖へと歩いていき、平たい石の上に載せた。

「ぼくはここの景色がすごく好きなんだけど。さあ、どうだ、ハープさん」

「鳴らないね……」

風が吹き上がってきて、撫子の花が波のように揺れた。そのとき、光のきらめきのような音がふわりと響いた。

「あっ、鳴った！」

立海が叫ぶ。再び崖から風が吹き上がり、ハープから柔らかな音がした。

「風でハープの弦が揺れるんだ……。それで音が出るんだよ、リュウカ君」

「自然に鳴るって、そういうことか」

花のなかに座り、二人で耳をすました。風が吹くたび、さざなみのようにやさしい音色が花々の間に広がっていく。風と花が歌っているかのようだ。

ヨウヨ、と立海がつぶやいた。

「ずっと、ここにいて。ぼくが大人になるまで、常夏荘にいてね」

黙って耀子は峰生の集落を見る。

普通科の進学校に進むのなら、峰生を離れて、町で下宿をしなければいけない。そもそも祖父の身に万が一のことがあったら、このまま常夏荘で暮らしていけるのかどうかもわからない。

いつか一緒に行こう、と立海が力をこめて言う。

「むかえにいくから。龍治みたいに、世界中のきれいな町や川を二人で見て歩こうよ」

「きれいな町って、どこへ？」

「どこへでも、好きなところへ」

ね？　と同意を求められ、耀子は立海を見る。

テムズ、セーヌ、ブルタヴァ、チャオプラヤ。教科書にあまり写真が載っていない川の風景、見知らぬ街の匂い。

山深いこの里にルーツを持ちながらも、山も海も国境も軽々と越え、広い世界で生きていける人たち。

「ヨウヨ、どうして、だまってるの？」

誰かの力を借りねば、どこにも行けない。

そんな自分は地に根付いた小さな植物のようだ。

天の花と地の星。どちらも同じ、咲く場所が違うだけ。

だけど……どれほど微笑みを交わしても、天の花と地の星は手をとりあえない。

どうして黙っているのかと再び聞かれ、耀子は真昼の月を見上げる。

「リュウカ君は……どんな大人になるのかなって考えてた」

「龍治みたいになるんだよ。龍治より賢くて、カッコよくなる」

笑わないでよ、と立海が怒ったように横を向いた。

そうなったら。大人になったら。耀子はふくれている立海を見つめる。

本当に手が届かぬ、天の花になるんだね――。

「約束だよ、ヨウヨ」

立海が撫子の花を折ると、差し出した。

「どこにも行かないで」

黙ったまま、耀子は花を受け取る。

小学生の頃はたやすく約束ができた。中学生になった今は、子ども同士の未来の約束は、ほとんどかなわぬことを知っている。

立海の素直さがまぶしかった。


帰り支度を終えると、下山は階段を使わぬ別のルートを通ろうと立海が提案した。前に来たときもその道を通って山を下りたらしい。

来るときもその道を使いたかったと言うと、帰りしか歩かなかったから、よく覚えていなかったのだと立海が弱気な顔で言った。

よく覚えていなかった。

そして立海の弱気な顔。

思えば、あのとき、来た道を通って帰ろうと言うべきだった。

陽が傾き、暮れ始めた山道を早足で歩きながら、耀子は悔やむ。

撫子が咲く崖から一時間ほど山を下りたところで、立海が足を止めた。

どうしたのかと聞くと、道がそこから上がっていた。突然、立海の記憶では道はずっと下りで、上がるところはまったくなかったのだという。

記憶違いかもしれない。そう思ってその道をしばらく進んだが、明らかに道は山を上っている。そこで、別れ道があった場所まで引き返し、今度はもう一方の道を通った。しかしその道の景色に立海はまるで覚えがないという。

立海の時計を見ると、二時間近くが経過していた。

とにかく下に向かえば、どこかの車道やふもとに着く。そう判断して二人で山を下り続けたのだが、ずいぶん歩いているのに、一向に車道に出ない。

空が赤く染まり始めた。夕焼け空は明るいが、その光は木の下まで届かない。

小走りで前を行く立海が転んだ。勢いがついていたせいか、軽く前方に吹っ飛んでいる。

「大丈夫？　リュウカ君」

うん、と小さな声で返事をして、立海が立ち上がった。ズボンの膝が裂け、血がにじんでいるようだ。しかし暗くてはっきり見えない。

「リュウカ君、そのリュック貸して。私が二つ持つ」

「大丈夫だよ、ヨウヨ。重くないよ」

風景がどんどん灰色になり、あたりが暗くなってきた。

参ったな、と耀子はあたりを見回す。

行こう、と立海が言い、歩き始めた。

「行かまい。ぼくは大丈夫」

ざわざわと音がして、木の上で何かが移動している気配がした。猿かもしれない。

「じゃあ……リュウカ君。歌でも歌おうか。けものよけ。それに誰かが聞いたら、助けてくれるかもしれない」

「OK。何を歌う？」

そうだね……と答えたとき、「おおい」と声がした。

人だ、と立海が言い、「おおい」と叫び返した。

続けて耀子も叫ぶ。

「すみません、すみません、道を教えてください！」

おおい、と再び声がして、ライトを持った人が現れた。

「立坊ちゃん？　立坊ちゃんですか？」

そうだよ、と立海が答えると、大きな笛の音が鳴った。その笛の音に、別の笛の音が次々と重なり、山に響きわたっていく。

何？　何？　と立海が声を上げて、あたりを見渡した。

「見つかったぞお」

人々が走ってきた。瞬く間に大人たちに囲まれて山を下りると、バスの折り返し場に出た。

暗い折り返し場にはあかりを持った人たちが大勢集まっている。

道の向こうにはパトカーが停まっており、その脇に数人の警察官が立っていた。

「いた、いた」

人々が口々に言い、こちらを指差す。その間をかきわけるようにして、祖父が走ってきた。

おじいちゃん、と呼びかけたが、最後まで言わないうちに、祖父が頰を叩いた。

突然の衝撃で地面に倒れて、耀子は祖父を見上げる。

「なんてことを、耀子!」

待って、と立海が叫んで祖父に抱きついた。

「ぼくがさそったんだよ、じいじ。ヨウヨは全然なんにも、いっこも悪くない」

抱きついてきた立海の両肩に祖父が手を置く。横合いから現れた男が、祖父から引きはがすようにして立海を連れていく。

「待って。ヨウヨを叩かないで、じいじ、叩かないでよ」

センチュリーが折り返し場に入ってきて、後部座席からステッキをついた白髪の老人が現れた。人々が一斉に頭を下げている。

『親父様』こと、遠藤龍巳だ。喪服を着た龍巳が立海の前に立った。

どういうことだ、と低い声がした。

「どういう騒ぎをひきおこしたか、お前はわかっているのか」

「わかりません！」

龍巳がステッキで立海をこづいた。よろめきながら、「わかんないよ」と立海が叫ぶ。

「だけど、ぼくがさそったんだ。ヨウ……ヨウコちゃんのせいじゃない。悪いのはみんな、ぼくなんだよ」

車へ、と龍巳が言うと、スーツを着た人々が近づいてきて立海を取り囲んだ。

立海を呼びたいが、声が出ない。

ヨウヨ、と声がしたが、立海の姿は見えず、車は走り去っていった。

集団がばらばらにほぐれていき、人々が折り返し場から出ていく。

「おじいちゃん……何が起きたの……何が？　お山に……お山の、女が入っちゃいけないところに私が入ったから？」

「そういう話じゃない」

祖父が「耐えろ」とつぶやいた。

「何を？　何を耐えるの？」

「わかっとるから、耐えろ」

何を？　と言ってうつむくと、リュックに入れた撫子の花が地面に落ちていた。

人々の足に踏まれて、無残に形が崩れている。

祖父が花を拾い、「無事でよかった」とかみしめるように言った。

泣いているような気配を感じ、耀子はその顔を見上げる。

祖父の肩越しに星が瞬《またた》いているのが見えた――。

※

――中二のあの夏と変わらず、見上げれば夜空に星がある。

ただ、高三になった今、頭上に広がるのは秋の星座だ。

熱海で電車を乗り換えると、眠っているうちに横浜駅へ近づいていた。母が住む町まであと少しだ。

降りる駅の名前を確認して、耀子は目を閉じる。

あの夏のことは、タイミングが悪かったのだと誰もが言う。あの日、照子が鶴子と出かけた名古屋の法事には龍巳も参列していた。常夏荘へ二人を送りがてら、龍巳は息子の顔を見るつもりだったそうだ。

最初は立海の様子を見てすぐに帰る予定だった。ところが二人で山に行ったまま帰ってこないことを知り、ことが大きくなった。

山狩りをするような勢いで警察や遠藤林業の人々を動員したのは、耀子の父の最期が頭にあったのだろうと人々は言っている。

立海はあれから常夏荘には二度と現れず、一昨年、米国の学校へ進学した。

電車が駅に停まり、耀子は立ち上がる。

ホームには大勢の人がいた。改札へ向かうと、それはさらに増えていく。

改札近くにあった公衆電話から、再び母の家に電話をかける。

八回目の呼び出し音を数えたとき、男が出た。誰だと聞かれて、母の名前を出し、娘の耀子だと答える。

母に取り次いでくれるように頼んだが、「ここにはいねえよ」と不機嫌そうな声がした。そして迎えにいくからと、目印になるものを聞かれた。

話しているのが誰なのかわからず、耀子は戸惑う。電話の声はずいぶん若く聞こえて、母の結婚相手のようには思えない。

駅のベンチに座り、目印のボストンバッグを膝に載せ、耀子は夜空を見上げる。

街の光が明るすぎて、この地に星の瞬きは届かない。

第六章

峰生の夜は木の葉が落ちる音も聞こえそうなほど静かだった。だけどこの街では夜になっても絶え間なく音がする。地の底から響いてくるようで、ひどく不安になる。

窓を開けて、耀子は外を見る。下から聞こえてくるのは、通りを行く人の足音や車の音、向かいのビルのエアコンの室外機や換気扇の音だ。

サウナやホテルのネオンサイン、休憩や入浴料と書かれた看板を見ながら、耀子は思う。

せめてここが三階ではなく、二階だったら、なんとか下に降りて——。

降りたところで、どこに逃げればいいのだろう?

警察? どう説明すればいい?

窓にもたれて、耀子は必死で考える。

二時間前、駅から母に電話をすると、かわりに出た男が車で迎えに行くと言った。迎えの車内で母は仕事中かと聞くと、「仕事も何も……」と答えたきり、男は黙ってしまった。

カーラジオから入院中の天皇陛下の病状が流れてきた。男が運転をしながら片手でラジオを操作すると、ＦＭ放送に切り替わった。

英語まじりの日本語を話す女性の声が響いてきた。番組の間にはラジオの周波数が歌のように流れてきて、最後に「ジェイウェイブ」と言っていた。峰生では聞いたことがないＦＭ放送だ。

やがて車は大通りからネオンだらけの路地に入り、小さな店の前に停まった。ビデオと書かれた看板がかかっている。

降りろと言われて車から出ると、黒いハイヒールを履いた女が店の脇の階段を下りてきた。まっすぐな長い黒髪の女で、強い香水をつけている。耀子ちゃん？　と聞かれて、うなずくと、いきなり抱きしめられた。

待っていたのだという。女に続いて階段を上がっていくと、ビルの三階は住居になっていた。

女がソファに荷物を置くように言い、リビングの片隅にあるキッチンに向かった。その女にも母のことを聞いた。

うーんとね、と女は軽くためらったのち、明るく笑った。

「逃げちゃった」

「逃げたってどういうことですか」

軽く髪をかきあげると、女がペットボトルの紅茶をマグカップに注ぐ。

「だからさ、夜逃げ？」

「えっ、夜逃げって……」

女がテーブルにカップを置き、軽い足取りで部屋の奥に歩いていく。

「とりあえず耀子ちゃん、お風呂入りなよ。あたしもヨーコっていうの。『港のヨーコ・ヨコハマ・ヨコスカ』のヨーコ……って古いか、古いよね。でもあたしがつけたんじゃない。マネジャーがつけたんだけどね」

「ヨーコさん……」

「あたし、お母さんと働いててさ。で、ここはそこの寮」

「待ってください、寮って？　私、何がなんだかさっぱりわからなくて」

ビール飲む？　とヨーコが冷蔵庫を開けた。

「飲みません」

あ、そう、とヨーコが缶を開けて、ビールを飲み始めた。

「あたしもくわしいこと、わかんないんだけど。とにかく耀子ちゃんの世話をしろって言われてさ。まずはお風呂に入って着替えな。あんた、なんか臭い。話、する気になれない」

ワンレン、ボディコンという言葉をテレビで聞いたことがある。黒くてまっすぐな長い髪と、身体にぴったりと張りつく服を着ている女の人たちのことだ。目の前のヨーコはまさにそのとおりの、身体の線があらわな緑のワンピースを着ていた。

そんな都会的な女に臭いと言われて、仕方なく風呂に入って身体を洗う。

風呂からあがり、洗面用具を出そうとして、手が止まった。財布と大事なものを入れたポーチがない。そのポーチにはお守りや祖父の写真、父の形見の時計が入っている。

足早にキッチンに行き、ビールを飲んでいるヨーコにたずねる。

ヨーコが長い指でうなじのあたりを軽く掻いた。

「ああ、お財布。それならさっき事務所の人が持っていった」

「なんで、どうして？」

「別にお金なんていらないでしょ。食事とかあたしが運んでくるし」

「どういうことですか？」

つまりね、とヨーコがビールを飲んだ。

「あんたのママ＆パパ？　金策尽き果て、すべてパンクして焦げ付いたトコロに、現役女子高生、上玉の娘がわざわざ田舎から頼ってくるって聞いたじゃない。だからさ、ラッキー！　ここで一発逆転、とか思ったんだろね。ま、そういうことよ。くわしい話はあとで事務所の人から聞いて」

「だから事務所の人って……」

下に事務所があるのだと、ヨーコがビールを飲みながら階下を指差す。

監禁？　軟禁？　されている？　怖くなって玄関に走ると、靴がない。背後から声がした。

「ああ、靴もね、持ってった」

「どうして？　おかしい、ひどいじゃないですか」

「とりあえず話聞きたいなら、こっちに来なよ」

キッチンに戻ると、ヨーコが冷蔵庫からケーキを出していた。

「はい、座って食べな。別にみんな、何かしようってわけじゃない。事務所の人たちも借金の話とか、ちゃんと聞いてもらいたいだけ」

「借金？　借金って？　それに聞いてもらうって……そんな状況じゃないです、こんな……」

うーん、とヨーコがうなって、小首をかしげる。

「あたし、難しいことよくわかんない。けど、あんたのママはそれだけヤバイ橋を渡ったってことじゃないの？　文句なら下に言いに行けば。でも、おすすめしないな。下の店、見たでしょ。二階はエロいビデオを見る個室で、事務所はその奥」

「行きます、事務所、どこですか。その前に財布と靴を返して」

「あーあー。そんじゃあね。話つけたげる。ちょっと奥で待ってて」

そう言って奥のこの部屋に閉じ込められて、あと少しで一時間になる。

「お待たせ、耀子ちゃん」

ようやくドアが開き、ヨーコの顔がのぞいた。

「事務所、行こ。マネジャーの時間がやっと空いたって」

ヨーコに伴われて二階の薄暗い通路を通り、耀子は事務所に入る。十畳ほどの部屋には事務机が四つ、漢字の「田」の形に並んでいた。その横にはラタンの衝立《ついたて》のようなものがあり、ソファのセットがある。

恰幅のよいスーツ姿の男にうながされて、耀子はソファに座る。

勢いに呑まれぬように背筋を伸ばし、母はどこにいるのかと聞いた。「知らない」と気のない返事が戻ってきた。

続けて母は一体、何の仕事をしていたのかとたずねてみる。

「あの、母は……エステサロンを経営していたって聞いたんですけど」

エステ、と男が笑った。

「まあ、そういう言い方もあるし、たしかに化粧品やドリンクも売ってたな。エステって言っても男専門だよ。回春エステ、つまり風俗」

「フーゾク？」

「で、借金踏み倒して逃げたっていうか、そんで、これね」

男が一枚の紙を渡した。

「ここ見て、これ、あなたのおじいちゃんの名前だよね」

はい、と答えたら、「読んでみて」と言われた。

「読めるよね、お嬢ちゃんは頭が良いそうだから」

「連帯、保証人」

男が両手を組み合わせた。

「そういうこと。つまりお母さんたちの借金、おじいちゃんが連帯保証人をしてたのね。で、おじいちゃんが亡くなられた今、耀子ちゃんが債務者なわけですよ」

「債務者っていうのは……」

「おじいちゃんの代わりにあなたが借金を払う義務がありますよってこと。お母さん、この証文を残して逃げて電話をよこしてね、娘がここに来るから、どうか許してって」

そうだね、許しちゃおうかな、と男が顔をのぞきこんできた。

「言うだけのことはある。上玉って聞いてたけど。お嬢ちゃんならね、ここで真面目に働いたら、すぐに返せること請け合い。大丈夫、保証する」

「何のお仕事ですか？」

「ジャンルはあるけど、いちばん効率よく稼げるのは……。おい、ヨーコ」

男がラタンの衝立の向こうに声をかけた。

「この子、何もわかってないぞ。お前、仕事の内容を説明したのか」

うーん、と甘ったれた声とともに、ヨーコが衝立の内側に入ってきて、向かいに座った。

「なんか説明しにくくって。お品が良くてさ」

男が舌打ちをして、短く説明をした。それがいわゆる身体を売る仕事だとわかり、耀子は室内を見回す。

気が付くと、衝立のまわりに男たちが集まっていた。その視線が身体に集中しているのを感じて、背中に汗がにじんできた。

待って、と言ったが声が小さすぎた。

あわてて耀子は言い直す。

「待ってください、他の方法で。他で働きますから。他、他の」

「ホカ、ホカって、弁当屋ででも働く気か？」

衝立にもたれた中年の男が言うと、他の男たちが笑った。

「なんだよ、笑えよ、愛想《あいそ》ねえ子だなあ」

無理だよ、と向かいにいるスーツの男が言った。

「他で働くって言っても、高校も卒業していない女の子に何ができる？　仮に何かできるとして、いくら稼げる？　すぐに返せると思う？　この額。無理でしょ？　ね、数字読めるよね？　計算できるよね？　これに利息もつくんだよ」

連帯保証人の書類に書かれた額は三百万円だった。母の借金を、どうして自分が返さなければいけないのか、わからない。

男の薬指に金の指輪が光っている。それを見て、祖父が母から担保として受け取った金の腕輪とダイヤの指輪を思い出した。

あれはたしか百五十万円の借金の担保だったはずだ。

「あの……ダイヤ、ダイヤの指輪があります。それから金の……金の腕輪。あれで返せないでしょうか」

スーツの男が腕を組むと、鼻を鳴らした。

「ああ。あれ。田舎の年寄りを泣き落として、ガラクタを押しつけてきたって言ってたっけ。二束三文とは、あれのことだ」

男の隣に座っていたヨーコが身を乗り出してきた。

「あのね、耀子ちゃん。若いうちが花って、よく聞くじゃん。あれ、本当なんだよ。若さってすっごいお金になるの。せっかく美人に生んでもらったのに、使わないのってもったいなくない？　ガリガリ勉強して何になるわけ？」

十七？　十八？　とヨーコがハンドバッグから財布を出した。

「え、それ、私のお財布」

事務所の人間が持っていったと言っていたのに、平然とヨーコが財布を出してきたのに耀子は驚く。

二つ折りの紺色の財布を広げて、ヨーコが生徒証を出した。

「峰生農林高校……わあ、イモ臭い。でも正真正銘、まだ十代。それを使ってガツンと稼ぐのって、賢いって思わない？」

いろんな人がいるよ、とヨーコが細長い煙草に火を点けた。

「この世界、本当にいろんな子が。短期にガガッと働いて、借金返して。それからお金を貯めて店を開いたり、学校に行ったりする子も。それでトリマー？　犬の美容師になった子や、変わった子のなかにはなんたら書士？　になったりしたのも。何にせよ、これがいるじゃん」

　ヨーコが親指と人差し指で丸を作った。金という意味のようだ。

「学費とか勉強している間の生活費とか？　自分の身体で稼ぎ出して、自分の未来？　そういうの作っていくのもありじゃない。それに、あんた、行くところあるの？」

　そういう場所があるなら、こんなところに座っていない。

　目の前では煙を吐きながら、ヨーコが話している。二年間ほど真面目に働けば、こんな借金は簡単に返せるのだという。

「頑張れば一年？　今はまだ田舎臭いけど、耀子ちゃんならいける、いける。そうしたら続けてもう二、三年働いてみ？　すごいよー。二十二でしょ。大学へ行った奴らがまだ一銭も稼げてないとき、あんたはその時点ですでに小金持ち。四年間、ここで真面目に働いたら、他の奴らにグンと差をつけられる」

　ラッキー、とヨーコが隣に座る男を見た。

「耀子ちゃんはすごいラッキー。だってさ、マネジャーのところは業界一、良心的なところだから」

　男がうなずいた。

ね？　とヨーコが微笑む。

「あたし、耀子ちゃんには夢を持ってこの業界に入ってほしいな。借金を返すためだからじゃなく、自分で自分の道を切り開いて輝いてほしい」

「輝く……」

ぼんやりとヨーコを眺めた。よく手入れされたまっすぐな髪と流行の服は、たしかに光り輝いて見える。

「あの……もう少し、考えさせていただけませんか」

面倒だなあ、と向かいに座っているスーツの男が言った。

「もう、いいや、お嬢ちゃん」

「もう、いい？」

「うん、もういい。あきらめた」

スーツの男が、衝立てにもたれていた若い男に「来い」という手振りをした。車で迎えにきた男だ。

「脱がせろ」

えっ、と耀子は声を上げる。

「もう脱がせちまえ。この子、自分の立場がなんにもわかってない。話して聞かせても無駄。商品価値がナンボのものか、今すぐテストしようじゃないか」

「いやだ、いやです！」

男が迫ってきた。あわてて立ち上がるが、逃げ場がない。

「心配しなくても価値がなかったら、別の算段を考えてやるって。まずは、カメラテスト」

「いやだったら！」

青年が乱暴にブラウスの衿に手をかけた。その手を耀子は爪でひっかく。

手伝うぞ、と声がして、男たちが集まってきた。

眼鏡をかけた男が事務所に入ってきて、スーツの男を呼ぶ。

「お前ら、ちょっと待て」

男たちが動きを止めた。

眼鏡の男が、下の店に人が来ていると言った。

「そりゃ来るだろうよ。客か？」

落ちてくる眼鏡を軽く上げながら、男が答える。

「そうじゃないようです。間宮耀子という少女を保護していたら、出してほしいと言ってます」

「誰だ」

「遠藤って名乗ってます」

「どこの遠藤だ？　追い返せ」

その名を聞いて、耀子は乱れた衿をあわてて直す。

おあんさん？　それとも、親父様？　あるいは湯小屋の……。

誰が？　どうして？　どうやって？

目を閉じると、まぶたのうちを紫の着物を着た小さな神様が駆け抜けていった。

大きく息を吸い、耀子は駆け出す。

目の前にいる男たちに体当たりをして、必死で事務所のドアへ走る。

誰かの手が背中にかかった。振り払ってドアノブに手を伸ばしたとき、ブラウスの背が裂けた。

ドアが開いた。

現れた人物を見て、思わず耀子は膝をつく。

不機嫌そうな顔で、龍治が立っている。

四年前より髪が短くなっているが、黒いロングコートに灰色のショールを垂らした姿は、長身をさらに強調して、迫力があった。

誰だお前、と男たちが声を上げた。

「コートの下！　こいつ、コートの下になんか仕込んでねえか！」

映画の見過ぎだろうとつぶやき、龍治がコートを脱ぐと肩にかけてくれた。

顔を上げると、龍治と目が合った。黒っぽい服装のなかで、ひときわ強く、黒い瞳が力を放っている。

ゆっくりと龍治が奥へ歩いていった。

「あんた、誰？」

ソファに座ったままで、スーツの男が横柄に聞く。

「遠藤という者だ」

「だから、どこの遠藤だ」

「どこだっていいだろう」

ソファを囲んだ衝立の一つを軽々と移動させると、耀子が見える位置に龍治は腰掛けた。

それで？　と物憂げにスーツの男に聞いている。

「それでってなんだ。挨拶もなく、いきなり座って」

「挨拶なら下でした」

よく通る低い声で言うと、龍治がテーブルの上の灰皿を引き寄せた。

リン、と澄んだ音がする。

銀色のライターの蓋を開け、龍治が煙草に火を点けている。蓋を閉じると、今度は小気味よい音がした。

話を聞こうか、と龍治が煙を吐いた。

何様だ、とスーツの男が声を荒らげる。

「人に話を聞くんだったら、それなりの礼儀ってモンがあるだろうが」

「若い娘をあんな姿にさせて、人に礼儀を説くというのもおかしな話だね……彼女」

なつかしい呼ばれ方を聞いたら、立ち上がっていた。

「歩けそうだったら、こっちにおいで」

コートに龍治のぬくもりが残っている。

床に裾がつきそうなそのコートにすっぽりと包まれて歩いていくと、一足、一足ごとに怖れが薄らいできた。

「言っとくけど、この子は自発的に来たんだから。うちはこの子のために車を出して迎えにいって、食いモンや寝る場所をあてがおうとしてたんだから。むしろ情けをかけてやったってのに」

これが情けをかけられるということなのか。

龍治の隣に座ると、身体が震えてきた。

やだあ、とヨーコが声を上げる。

「なんかおおげさ。まるであたしたちが悪者みたい」

言っとくけどね、と再びスーツの男が言う。

「当方としては別にやましいことはしちゃいない。借りたものは返しましょうと言ってるだけで。こっちは好意で仕事先とか紹介してやってるのに、それ……」

男の言葉をさえぎって、「借りたもの？」と龍治がこちらを見た。

「母が……それで、おじいちゃんが連帯、連帯ほ……」

保証人か、と龍治があとを続けると、男の声が割って入ってきた。

「だからさ、警察に駆け込んだって無駄だよ、民事不介入って言葉、知ってるか、お兄さん」

うっとうしそうに龍治がスーツの男を見た。

「知ってる。馬鹿の一つ覚えという言葉も。ところで、どういう書面を根拠にそう言っているのか、見せてもらおうか」

男が一瞬ためらったが、書類を突き出した。指でつまむようにして、龍治がそれを見る。

「なるほど、安く見積もられたものだ。しかし間宮さんはこんな書体の印鑑を使っていたかな。君、見覚えあるか？」

黙って耀子は首を横に振る。たしかに言われてみると、祖父が使っていた印鑑と少し違っている。

「本物なのか？　そこからまず精査したほうがよさそうだ」

はあ？　と男が顔をしかめる。

煙草を灰皿に押しつけて消し、龍治が再び書類を見た。

「それから未成年者に返済義務があるのかどうか。もしこの紙切れに法的拘束力があるというのなら、その場合は相続放棄の対応で……」

おいおいおい、と男が手を挙げた。

「ちょっと待ってよ。法律のこととかなんとか、そんな領域の問題じゃないよ。だったら最初から銀行で借りりゃいいだろうが。そういうところじゃ相手にしてもらえないから、こうなったわけでさ。話はシンプルなんだよ、借りたものは返しましょうって話」

「借りた奴にそう言え」

　男が黙った。

「親の借金のかたに娘が売られるなんて、いつの時代の話だ」

　誤解、誤解、とヨーコが明るい声を出した。

「あたしたち、別にそんなつもりじゃないって。学校じゃ教えてくれない、自分の手で自分の未来を切り開く、かなり冴えてるやりかた？　そういうのを教えてあげただけで」

「あとは弁護士と話をしてくれるか。場合によっては警察と」

　警察ぅ？　と男が聞き返した。

「なんでだよ」

「民事不介入とやらは、そちらで判断するものじゃない。しかるべきところが判断してくれるだろう。そのあたりも弁護士と話をしてくれ。告訴が必要なら、当方としてはそれなりの対応も検討するが」

「だから自発的に、その子が来たんだってば」

「そんなことはどうでもいい」

龍治が淡々と言うと、衝立の前に立っている男たちを見た。

「ドアを開けたら、彼女の服が裂かれていた。そんな状況で何を言われても信用はできない。それより君、おかしな映像を撮られていないか」

「大丈夫……です」

「冗談じゃないよ！　あたしら、親切にしてやったのに」

龍治がヨーコを見た。決まり悪げにヨーコが横を向く。

「寝食を提供しようとしてくれたことに対して、感謝の気持ちがないわけでもない。今後一切、この件で彼女に関わらないというのなら」

ジャケットの内側から封筒を出すと、龍治がテーブルに置いた。

男が封筒に手を伸ばした。すかさず龍治がその手を押さえる。

「どうするんだ。はっきり聞かせてくれ。そうでなければこれは全額、弁護士費用だ」

「こんなに？」

男が龍治の手の下で指を蠢《うごめ》かせた。封筒の厚みを確認しているかのようだ。

「わかった、お嬢ちゃんには関係ない。会ったこともない」

「何言ってんの、マネジャー。目の前にいるじゃん」

会ってない、関わらないと繰り返すと、書類を破るように男がヨーコに命じた。

「なんであたしが？　なんで？」

「やれ、早く。粉々にして灰皿に入れろ」

ヨーコが書類を破って灰皿に入れた。それを見た龍治が、押さえていた男の手を離した。

男が封筒のなかをちらりと見て、スーツの内ポケットにしまう。

「あの……」

封筒にはいくら入っていたのか。息詰まるような思いで耀子は龍治に声をかける。

そろそろ行くよ、と龍治が再び煙草に火を点けた。

男が青年に荷物を運んでこいと言っている。その声を聞いて、財布を取り上げられたことを思い出した。

「あの、ヨーコさん、お財布を返してください。それから私のポーチ」

財布？　と龍治が煙草を灰皿に押しつけた。紙が焦げる匂いが立ちのぼる。

「財布を取り上げられていたのか？」

「預かってただけだよ」

ヨーコが紺色の財布をテーブルに放り投げた。

中身を確認するようにうながされて、耀子は財布のなかを見る。小銭と千円札が二枚なかったが、追及するのをやめた。一刻も早くここを出たい。

「あの、ポーチは？　ヨーコさん」

「ポーチ？　そんなの知らない」

「鶴の模様のポーチ、お守りとか写真とか入っている……」

「知らないってば、そんなイモい物」

行こう、と龍治が立ち上がった。

「待ってください、私の大事な……」

「あとで捜してもらえばいい」

若い男がボストンバッグとコートと靴を運んできた。バッグを受け取った龍治が、荷物はこれだけかとたずねる。

はい、と答えると、先に行くように龍治が腕で指し示した。こんな状況に似合わない、優雅な仕草だ。

何者よ？　とヨーコが煙草に火を点けながら言った。

「あんた、何者？」

「深遠な問いだね」

バーカ、と言って、ヨーコが顔を上げ、龍治の口元に煙を吹きつける。みじろぎもせず、その煙を受けた龍治が笑った。

煙草の煙を介して口づけをしているようで、耀子はあわてて階段を下りる。

頭がひどく混乱して、息が乱れてきた。

階段を下りてきた龍治が通りでタクシーを止めた。うながされるままにタクシーに乗ると、その混乱と呼吸の乱れはますます強くなっていった。

やさしく揺り動かされて、耀子は目を開ける。龍治の穏やかな声がした。そろそろ車を降りると言っている。

タクシーは大きなビルが建ち並ぶ駅のロータリーに入っていくところだった。時計を見ると、ビデオ屋の事務所から出て、かなりの時間がたっている。

自分一人の力で生きていこうと思ったのに。結局、振り出しに戻って、遠藤家の人々に迷惑をかけてしまった。

龍治に続いてタクシーから降りると、冷たい風が顔に吹きつけてきた。呼吸を奪われそうな風の勢いに、耀子は身を縮める。自分の小ささが身にしみた。

龍治が改札のそばの時刻表を見上げた。

「常夏荘の連中が心配しているから、すぐにでも峰生に連れていきたいところだが……。どうにも気にかかることがある。おそらく君もそうだろ?」

その言葉にうなずくと、「何か食べるか」と独り言のように龍治が言った。

歩き出した龍治に木枯らしが吹きつけ、黒いコートにかけたショールが軽くなびいている。

あの……と言ったら、ゆっくりと振り返った。

「どうして、来てくれたんですか」

友だちだろう、と龍治が再び歩き出した。

「あの夏、叔父さんと二人でそう言ってたぞ」

「そんな昔のこと」

「それほど昔のことじゃない」

龍治が歩調をゆるめた。隣に来いと言われた気がして、その横に並ぶ。

「どうして、あそこにいるってわかったんですか？」

「君が峰生の米屋から出した荷物の控えに、親御さんの住所があった。それを俺の母親が知って、連絡をしてきた」

「おあんさんが……」

「あの住所がある場所は有名な歓楽街だ。ファミリー層が住む場所ではない。電話をかけたが、つながらないんでね。実際に来て、風俗関係の店の寮だとわかって、あとは簡単だ」

「簡単なこと、なんですか？」

「俺の実家の仕事は手広いから、そのおこぼれでいろいろな伝手《つて》があるんだ」

道を曲がると、ビルの間にある小さな道に入った。風はやんだが、かわりに生暖かい、揚げ物のような臭いがしてくる。

その臭いに息苦しさを感じながら、ビデオ屋の男に渡した封筒のことを聞いた。

気にしないでいいと龍治が答えた。

「でも、私、お返しします。すぐには返せないけど」

「本当に気にしなくていい。あれは君への迷惑料だ」

「迷惑料って？」

「常夏荘の女たちが電話で口をそろえて言うには、最近、君がふさぎこんでいたという話だ。いつからだと聞くと、それも共通している。間宮さんを偲ぶ会のあたりだ。なかでも鶴子が気にしていたのは、その直前。一族が常夏荘に集まった夜のことだ。あのときの君の言葉が妙に気にかかると言っていた。湯小屋のことだと」

一呼吸置いて、龍治が言葉を続けた。

「鶴子はそれが気になって、宴会の手伝いのかたわら、長屋に何回か様子を見にいったそうだ。それでだいたいの察しがついたよ。……湯小屋で俺の身内が悪さをしたんだな。情けないことに、それが誰なのかも見当がつく。この先、どう出るのかも」

龍治が足を止めた。

「俺の推測は当たってるんじゃないか？」

「何も……」

されていないと言いかけて、後ろから抱きすくめられた感触を思い出す。

言葉がうまく出ないでいると、龍治がビルの壁にもたれた。

「君がみんなに黙って出ていった理由もそれなら合点がいく。俺の母親には、特に言いづらい話だ。どうだい？」

龍治を見上げると、強い眼光がふりそそがれていた。

この人は、どうして何もかも見通すのだろう。

「そんなに……ひどい、ひどいことはされて……されてない……かも」

「どこまでをひどい、ひどくないというのか、線引きなんてない。君が衝撃を受けたか、受けないかだ。とにかく身内が迷惑をかけたことだけは確かなんだな。ごめんよ」

ごめんよって言葉は軽すぎるな、と龍治が苦笑した。

「だから、何も気にしなくていいんだ。しかし……」

龍治が口元にこぶしを当てた。何かを考えこむような仕草だ。

「君たちはいつも一人で何もかも呑みこむね」

「君たちって？」

「君もお父さんもお祖父さんも、みんなさ」

ビルの間を木枯らしが吹き抜け、生暖かい空気を一掃していった。風が吹いてきた方角を見て、龍治がショールをはずした。

「君も、お父さんも、一人で黙ってすべてを呑みこんで、一人で泣く」

はずしたショールを、龍治が肩から頬にかけて巻き付けてくれた。

「どうして頼ってくれなかったんだ。そんなに信用できないか。そんなに頼りなく見えたのか」

父がどう思っていたのかはわからない。ただ、自分は拒絶されるのが怖い。助けを求めて断られるぐらいなら、最初からあてにしないほうがいい。

「迷惑……かけたくなくて。それに……」

「残された者も辛いんだ。どうして何も気付いてやれなかったんだって、ずっと、自分を責め続ける。君にもしものことがあったら、俺の母親も鶴子も千恵もみんなそう思うよ。大切な人のために何かをすることを、迷惑だなんて誰も思わない」

「大切に思われてるって、どういうことかよくわかりません」

龍治がもたれていた壁から身を起こした。

「相手にとって、自分がどんな存在かなんて、わかりません。とても大事なのか、ちょっと大事なのか。そもそも大切に思われてる自信がない。どれぐらいの大切さで、人って迷惑だと思わないんですか？」

風が吹きこんできて、汽笛のような音が聞こえた。龍治は黙っている。

「これ以上、もう誰にも迷惑かけたくない。自分のことは自分でなんとかしたい。助けを求めて断られて、自分の存在が取るに足らないものだってわかるぐらいなら、最初から助けなんて求めないほうがいい。そっちのほうが相手を恨まないですむ。ずっと好きでいられる。母親ですら私のことを売ったのに……。大切に思われるって、どういうことですか」

龍治が背中に腕をまわしてきた。そのまま引き寄せられ、コートの内側に包みこまれた。

龍治のぬくもりが伝わってくる。そのぬくもりの向こうから、鼓動が聞こえてきた。

早鐘のように打つ自分の鼓動と、龍治の鼓動が溶けあっていく。このままどこかに消え去りたい。

遠くへ。このぬくもりに溶け込んで、どこか遠くへ。湯気のように消えてしまいたい。

「裕一先生と最後に会ったときも、こうしていたよ」

覚えてないだろうけど、とささやく声がした。

「君を抱いて先生が喫茶店に来て。席をはずしたときに、頼むよって、君を渡された」

泣かれた、と龍治がかすかに笑う。

「僕はまだ学生で。泣きだした君に困り果てて、君のお父さんがしていたように背中を撫でたら泣きやんだ。僕の服をぎゅっと握りしめて眠ったよ。変な気分だった。味わったことのない気持ちだ。戸惑ったけど、宝物なんだと思った。この子は先生の宝物なんだと」

龍治がやさしく背を撫でた。その手の大きさに身体がゆるんでいく。

そっと腕をまわすと、龍治の背は広くてたくましい。胸元に頬を寄せると、清らかな森の香りがした。

背中にまわされた龍治の腕に力がこもった。そのぬくもりに、溺れてしまいそうになる。

「君、僕のところへおいで」

意味がわからず、その声をただ聞いた。

立海君が欲しいかい？　と龍治がたずねた。

「君のためなら何でもしてやりたいが、それはもう無理になった」

「どうしてリュウカ君のことを？　……まだ、小さいのに」

何も気付いていないんだね、と龍治がつぶやいた。

「君だって、自分で思うほど大人じゃないよ」


常夏荘を出てから五ヶ月後。高校の卒業式の一週間後、百畳敷で龍治との婚礼を行うことになった。

婚礼の前日の夜、長屋の縁側に耀子はぼんやりと座る。

しっかりしなければ。そう思うけれど、頭があまり働かない。

長屋の庭にジャケットを着た男が入ってきた。月の光を背に受けて、顔はよく見えない。

湯小屋の男を思い出し、耀子は身を硬くする。

逃げようとしたとき、「ヨウヨ」と声がした。

「僕だよ。……僕がわからないの？」

「……リュウカ君？」

男が庭を突っ切ってきた。

「リュウカ君なの？　でもリュウカ君は来られないって……」

米国留学中の立海は勉強に忙しく、婚礼には出席しないと聞いている。

「みんなにはそう言ったけど、最初から今日来るつもりでいたよ」

「声……声がずいぶん変わったね」

「変わったのは声だけ？」

立海が目の前に立った。

その姿を見て、耀子は驚く。大きくなった立海は龍治とよく似ていた。

立海が手を差し出した。

「行こう、ヨウヨ」

「どこへ？」

「どこへでも。ヨウヨの好きなところへ」

「でも明日は……」

そんなのどうでもいいよ、と苛立たしげな声がした。大人びた口調のなかに、昔と変わらぬ天真爛漫さが潜んでいる。

「行こう、僕と一緒に。友だちが別荘を貸してくれるって」

差し出された手を耀子は見つめる。

この手を取って走り出せばいつだって、新しい世界が開けていった。

「リュウカ君……」

大きくなった立海の手を、耀子は見つめ続ける。

どうして？　と立海が言い、さらに手を伸ばした。

「約束したじゃないか、どこにも行かないって。僕は忘れてないよ。だから言われたとおりに留学もした。全部、すべて、ヨウヨを迎えに行きたいからなのに、どうして忘れる？　どうして龍治なんだ？」

「俺だからさ」

背後から声がした。振り向くと、龍治が長屋の部屋にいた。

「俺だから、なんだよ。叔父さん」

立海が後ずさり、ジャケットの内側に手を入れた。

パチンコ銃が出てきた。構えると同時に、祖父の部屋の窓が順番に割れた。

悲鳴のように、ガラスの音が響いてくる。次は自分の背後のガラスだと思ったとき、その音がやんだ。

立海がパチンコ銃を投げ捨て、長屋の庭を出ていった。

縁側に割れたガラスが落ちている。その破片に触れようとしたとき、龍治に抱きしめられた。

龍治の身体の熱が伝わり、回された両腕に力がこもっていく。立海の姿が消えたと同時に口づけられたら、涙がこぼれでた。

「何もかも承知で好きなんだ」

龍治がささやいた。

「泣きたければ、泣けばいい」

※

その昔、〝金で買われた花嫁〟と呼ばれたことを照子は思い出す。息子の龍治の二度目の相手は〝何もない花嫁〟と噂好きの人々に呼ばれている。

今も昔もこうした口は絶えない。

龍治と耀子の婚礼は東京では行われなかったが、峰生での披露宴は本家、上屋敷、下屋敷の親族が一堂にそろい、大勢の招待客を百畳敷に迎えての二日間にわたる盛大なものになった。

これを機に龍巳は、龍治を家業に呼び戻したいと考え、招待客をもてなしていた。しかし当の龍治にその気はない。大学の非常勤講師と、友人と経営している事務所での〝マーケティング〟や〝トレンド〟を扱う仕事が忙しいという。

披露宴が終わると、すべてが無事に進んだことの感謝と報告のため、一族は常夏荘の隣にある峰生神社に参拝するのが昔からの習わしだ。

本殿に上がっての参拝を終えたあと、照子は龍治と耀子の後ろを歩く。龍治夫妻の前は、龍巳と、その息子の立海がいる。留学先から急遽帰国した立海はずいぶん背が伸び、あと少しで龍治に追いつきそうだ。

慣れない和装と草履《ぞうり》で歩いているせいか、耀子の足取りが遅くなった。

華奢《きゃしゃ》なその背を照子は見つめる。

昨年の秋、母親のもとに行くと耀子が書き置いて出ていったとき、部屋の隅で目にしたラジオの進学講座と英会話のテキストが忘れられない。一体、何年、聴き続けてきたのだろう。かなりの冊数があったが、それらはすべて紐できつく括られていた。

夢をあきらめたようなその印象が強烈で、龍治に頼んで耀子の行き先を捜させた。無事に見つかったあとも引き続き進学に助力するつもりでいたが、龍治と耀子から告げられたのは結婚したいという話だった。

紫の振袖姿の耀子の背に、龍治がそっと手を添えている。

婚礼のために着物を誂《あつら》えたとき、華やかな柄行きを薦められた耀子が、お色直しには無地の着物を着たいとおそるおそる言った。紫の色無地が着たいのだという。

この家の子どもたちは七五三をはじめ、折々の行事に紫のその着物を着ている。しかし花嫁が着たという話は聞いたことがない。

耀子が望んだ装いを、まるで旅館の仲居のようだと、親族の口さがない人々は言った。しかし、引き振袖で耀子が百畳敷に現れると、その場にいた誰もが息を呑んだ。

京都で染めた紫の大振袖は耀子の白い肌をひきたて、紅をさした唇をいっそう可憐に見せていた。着物に模様がない分、十八の娘の素地の美しさが目を惹き、若さが匂い立つ。

帯は照子が嫁入りの際に締めた丸帯を与えた。遠藤家からの結納金で贅を尽くして誂えたその帯は、金の撫子と桃色の撫子が織り出された品だ。仰々しくて時代遅れだったが、無地の着物に合わせると模様が際立ち、金糸が濃い紫に光を添えていた。

裾を引いた耀子が、羽織袴の龍治と並ぶと、感嘆の声があちこちから漏れた。

その声を背に、二人が龍巳親子に挨拶をした。龍巳は目を細めたが、この日のために戻ってきたという立海は無表情だった。しかし、耀子と目が合った一瞬、わずかに顔を横に向けていた。

行列の先頭を行く龍巳が、長屋門の前で足を止めた。

門の両脇には奥峰生の人々の手で、松明《たいまつ》が掲げられていた。日が落ちたなか、その炎は天も焦がすような勢いで燃えている。

今夜は若い者が主役だから、先に通るようにと龍巳が龍治を促《うなが》した。
その言葉に、耀子が大きな門を見上げる。
九年前、この家に置きざりにされた少女の婚礼のために今、長屋門が開けられている。
龍治に続いて耀子が門をくぐると、立海があとに続いた。
三人の若者の背を松明の炎が赤々と照らしている。
元号は昭和から平成へ。新しい時代の門が開いたことを、照子は強く感じた。

エピローグ

一九九〇年　秋

常夏荘でもっとも美しい木は、母屋と対の屋の間にある大きな銀杏だ。夏は涼やかな木陰を作る緑の葉は、秋になると黄金色に光り輝く。その幹にもたれ、立海が練習するピアノを聴くのが好きだった。

泣きやまない娘の瀬里《せり》を抱き、耀子は常夏荘の庭を行く。

祖父の命日は過ぎてしまったが、三回忌を行うために昨日、東京から峰生に来た。明日は龍治と幼い娘とともに、祖父母と父の墓参りをする予定だ。

瀬里の背中を撫でると、少しずつ泣き声がおさまってきた。

つかまり立ちを始めたばかりの瀬里は、最近よく泣く。夜泣きが始まる時期と言われたが、昼間もひどく泣く姿は、まるで何かを怖がっているようだ。未熟な母親が怖いと言われているようで、そのたびに不安になる。

東京での結婚生活に慣れたら、大学への進学を龍治はすすめてくれた。しかし、すぐに子どもを授かったので、勉強からは遠ざかっている。時折、それについて考えることもあるが、生まれた娘は身体が丈夫ではなかった。今は育児のほうが大事だ。

泣きやんだ瀬里のよだれを耀子はやさしくぬぐう。右手に着けている腕輪に、瀬里が興味を示した。

「ドングリさん、好き？」

ポケットからもう一つドングリの腕輪を出し、耀子は瀬里に握らせる。

小さな腕輪を手にした瀬里が、機嫌を直した。その顔を見て、母屋に目を移す。

一昨日まで、母屋には龍巳と息子の立海が滞在していた。

龍巳は今年の五月、ゴルフの最中に倒れ、現在はリハビリ中だ。息子を手もとに置きたがったので、立海は留学を切り上げ、九月から東京の学校に通っている。

その立海とは、婚礼の日以来会っていない。

それなのに昨日、常夏荘に到着して、瀬里を寝かしつけるためにベビーベッドに行くと、枕元に赤いリボンをかけた小箱が置いてあった。そっと開けると、ドングリで作られた小さな腕輪と大きな腕輪が入っている。

立海からだと、すぐにわかった。昔、〝たからのはこ〟に入った、ドングリの腕輪をもらったことがある。

手首に着けた、ドングリの腕輪を耀子は眺める。

幼い頃、スミレの香りがするせっけんの空箱に、立海はきれいなドングリを集めていた。首飾りを一緒に作って遊ぼうと、二人分の木の実を集めるのに夢中になって熱を出したこともある。

なつかしい記憶とともに、温かい思いがこみあげてきた。祖父が作ってくれた甘露湯のように甘く、やさしい思いだ。

瀬里をあやしながら、耀子は小さな顔をのぞきこむ。

ピアノは好きだろうか。父親の龍治が得意だから、この子も上手になりそうだ。立海が弾いていたように、いつか母屋のグランドピアノを聴かせてほしい。

銀杏の木の下に行くと、落葉で明るい色に染まっていた。金色の絨毯のような光景に、大人たちが昔、ここに落ち葉を集めて小山を作ってくれたことを思い出す。

その小山に飛び込むと、雲のなかを泳いでいるような心地がした。

甘えるように、瀬里が身を寄せてきた。小さなぬくもりが身体に伝わってくる。その感触に一瞬、目を閉じた。

医師から妊娠を告げられたとき、少し戸惑った。でも今は戸惑いより、苦しくなるほどの愛しさが心に満ちてくる。

いつか落ち葉の小山をこの子に作ってあげよう。ピアノも絵もバレエのお稽古も、なんでも通わせてあげたい。自分が楽しかったことと、できなかったことをすべて、この子には与えて守ってあげたい。

瀬里が笑った。自分の顔が笑っていたことに気付き、耀子は頬に手をやる。

母親が笑うと笑い返してくれる。それなら瀬里が何かを怖がっているように感じるのは、母親のおそれや不安が伝わっているのかもしれない。

大丈夫、と耀子はつぶやき、瀬里の背を撫でる。

「こわくないよ」

風が吹き、あたりに黄金色の葉が落ちてきた。寒くはないが、そろそろ部屋に戻る時間だ。

行こうか、と瀬里に声をかけ、耀子はおそろいの腕輪を振ってみせる。

「一緒にいるから、こわくないよ。行かまい、瀬里ちゃん」

光の雨のように舞い降りる葉のなか、耀子はゆっくりと歩き始めた。

本書は二〇一八年二月にポプラ社より刊行された作品に加筆・修正を加え文庫化したものです。

天の花　なでし子物語

伊吹有喜

2022年7月5日　第1刷発行

発行者　千葉 均
発行所　株式会社ポプラ社
〒102-8519　東京都千代田区麹町4-2-6
ホームページ　www.poplar.co.jp
フォーマットデザイン　bookwall
組版・校正　株式会社鷗来堂
印刷・製本　中央精版印刷株式会社

N.D.C.913/270p/15cm　ISBN978-4-591-17403-6

P8101447